考場現形記

秀霖——著

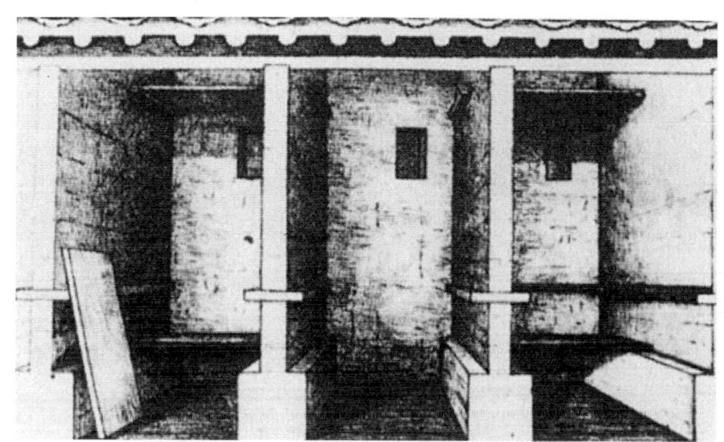

圖一　北京貢院號舍內部構造

圖二　北京貢院明遠樓舊照

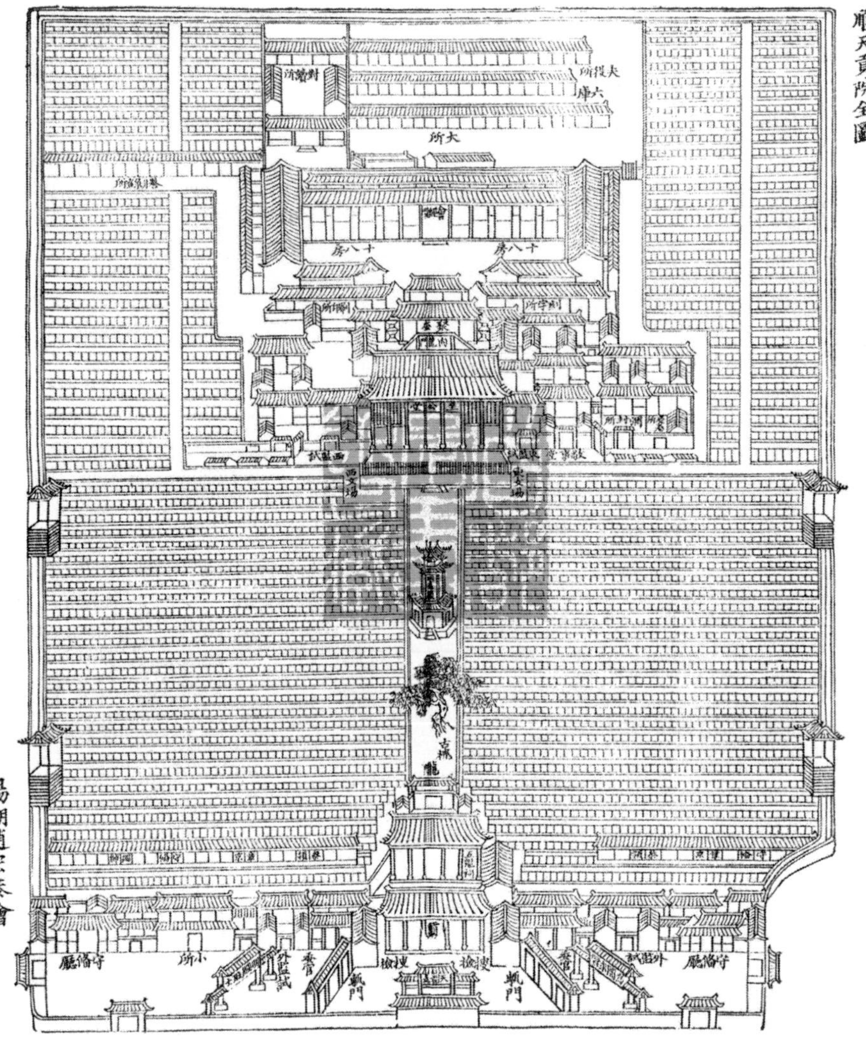

圖三　北京貢院平面圖

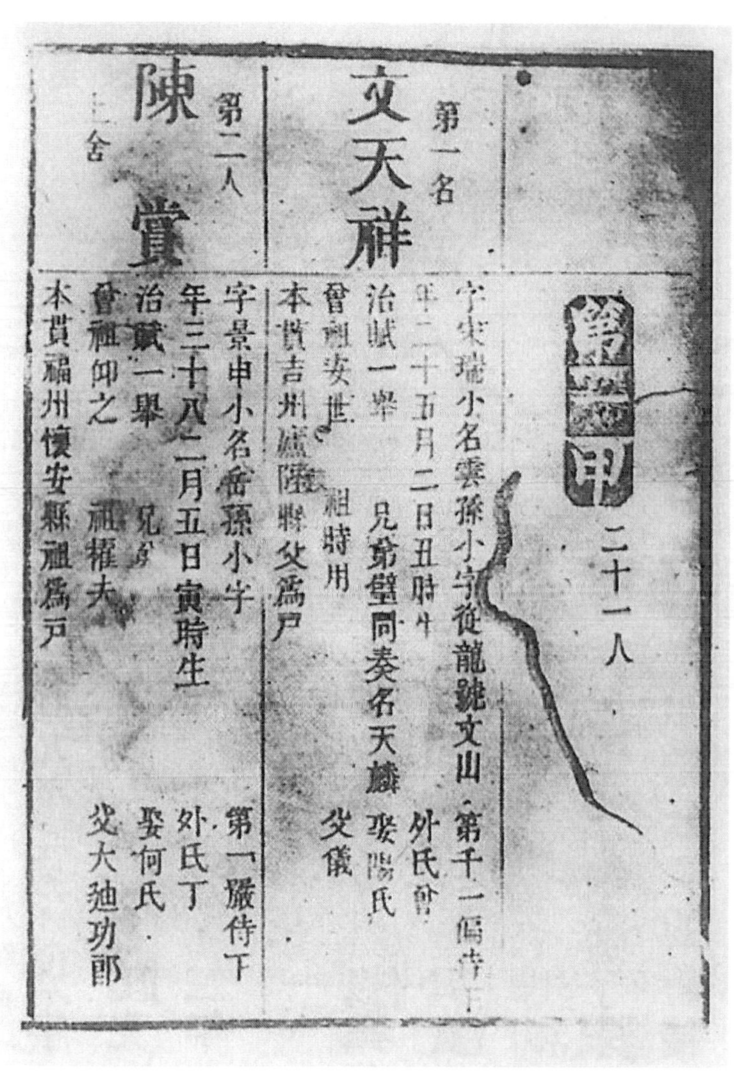

二十一人

第一名

文天祥

字宋瑞小名雲孫小字從龍號文山 第千一偏侍下

年二十五月二日丑時生 外氏曾

治賦一舉 兄弟璧同奏名天麟 娶陽氏

曾祖安世 祖時用 父儀

本貫吉州廬陵縣父為戶

第二人

陳賞

上舍

字景申小名番孫小字 第一騰侍下

年三十八二月五日寅時生 外氏丁

治賦一舉 兄弟 娶何氏

曾祖仰之 祖權夫 父大迪功郎

本貫福州懷安縣祖為戶

圖四　宋陳賞登科榜錄

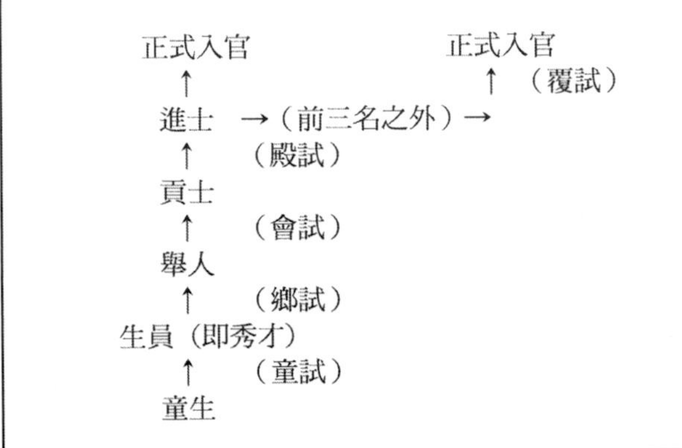

圖五　明代仕宦途徑

(1) 明太祖 朱元璋 (洪武 1368-1398)
(2) 明惠帝 朱允炆 (建文 1399-1402)
(3) 明成祖 朱　棣 (永樂 1403-1424)
(4) 明仁宗 朱高熾 (洪熙 1425)
(5) 明宣宗 朱瞻基 (宣德 1426-1435)
(6) 明英宗 朱祁鎮 (正統 1436-1449; 天順 1457-1464)
(7) 明景帝 朱祁鈺 (景泰 1450-1456)
(8) 明憲宗 朱見深 (成化 1465-1487)
(9) 明孝宗 朱祐樘 (弘治 1488-1505)
(10) 明武宗 朱厚照 (正德 1506-1521)
(11) 明世宗 朱厚熜 (嘉靖 1522-1566)
(12) 明穆宗 朱栽垢 (隆慶 1567-1572)
(13) 明神宗 朱翊鈞 (萬歷 1573-1620)
(14) 明光宗 朱常洛 (泰昌 1620)
(15) 明熹宗 朱由校 (天啟 1621-1627)
(16) 明思宗 朱由檢 (崇禎 1628-1644)

圖六　明帝系

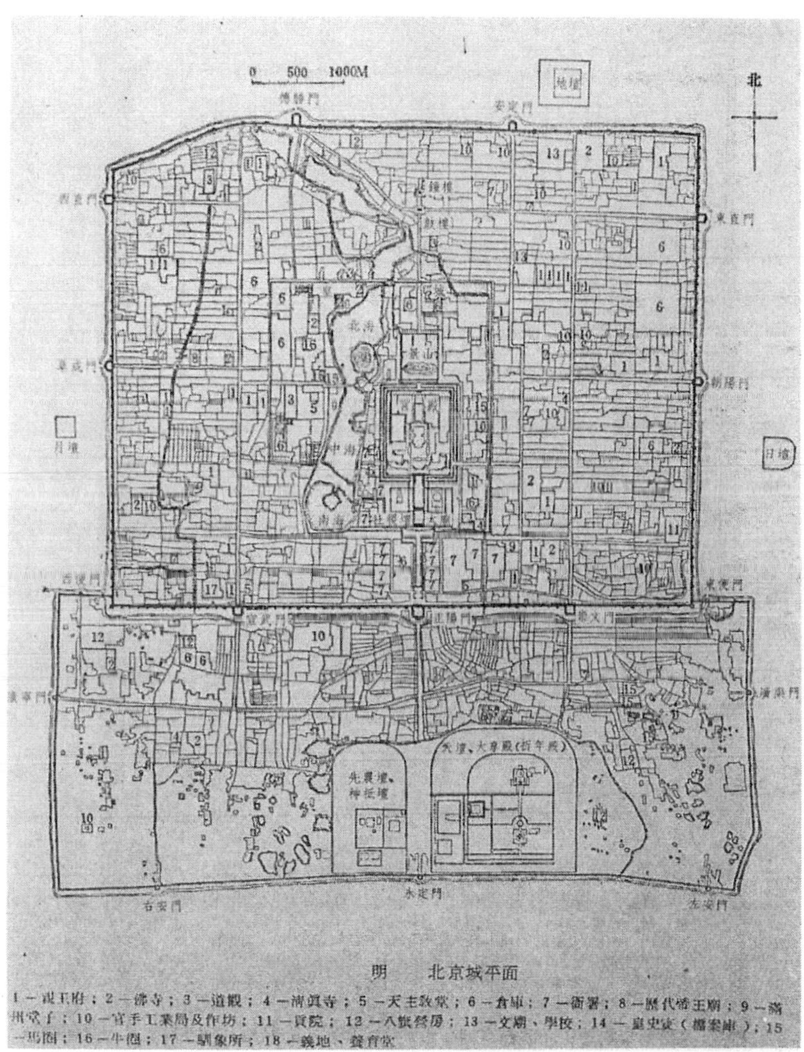
0 500 1000M
北
地壇
德勝門
安定門
西直門
東直門
鐘樓
鼓樓
北海
景山
阜成門
朝陽門
中海
南海
月壇
日壇
西便門
東便門
宣武門
正陽門
崇文門
先農壇、神祇壇
天壇、大享殿(祈年殿)
右安門
永定門
左安門
明 北京城平面
1－親王府；2－佛寺；3－道觀；4－清眞寺；5－天主教堂；6－倉庫；7－衙署；8－歷代帝王廟；9－滿洲堂子；10－官手工業局及作坊；11－貢院；12－八旗營房；13－文廟、學校；14－皇史宬（檔案庫）；15－馬圈；16－牛圈；17－馴象所；18－義地、養育堂

圖七　明北京城平面圖

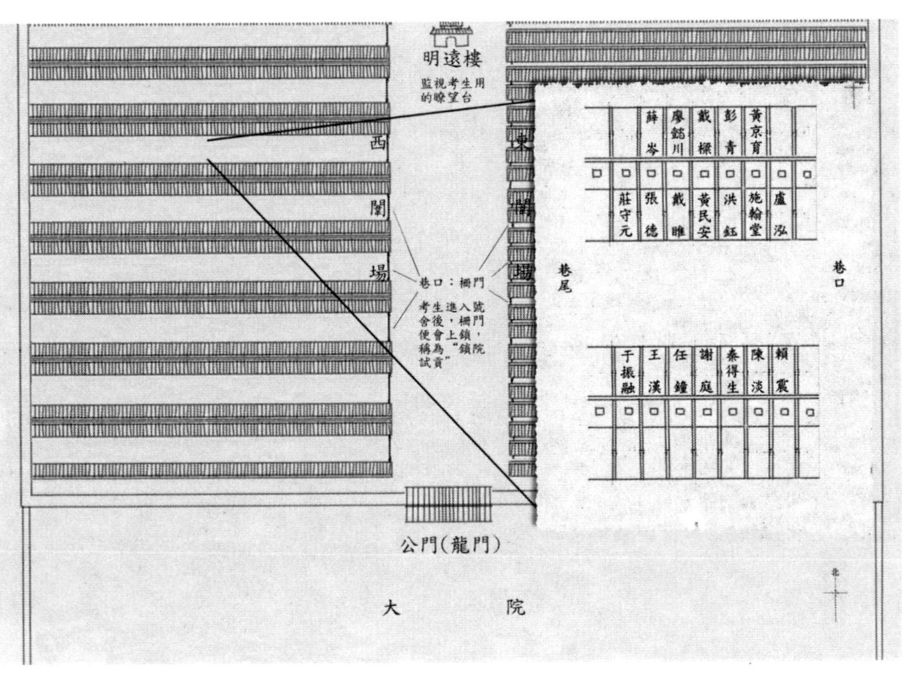

圖八　崇禎七年會試號舍配置圖

人物表

陳　淡　字子泊，福建漳州舉人。
陳　寧　字子靜，陳淡之兄。
林　氏　陳寧之妻。
陳　勇　字仗，陳淡之父。
劉正佐　字框直，福建漳州秀才。
黃民安　字國順，福建漳州舉人。
石　貫　字越，福建泉州舉人。
戴　睢　字靖亭，陝西同官舉人。
戴　樑　字靖甫，戴睢之弟，陝西同官舉人。
謝　庭　字梓禎，國子監監生，東林黨人。

秦得生　字宜藍，四川成都舉人。
施翰堂　字雲靄，北直隸大興舉人。
任　鐘　字金鳴，湖廣長沙舉人。
洪　鈺　字碧璇，浙江嘉興舉人。
許思恪　字維至，殿閣大學士，會試主考官，世稱「高揚先生」。
劉應義　字適仁，會試副考官，閹黨餘黨。
林　鉉　北京貢院巡邏士兵長。
李　鍊　北京貢院巡邏士兵。
馮　敬　北京貢院巡邏士兵「秉直」考巷巷長。
張　尊　北京貢院巡邏士兵。
周　定　北京貢院巡邏士兵。
王遠品　京師錦衣衛。

前山正無雲，飛去入遙碧

——給紅樓才子拍拍手

臺北市建國高中
林明進

秀霖與我，亦師亦友。說了大家一定不信，老夫和他，同居福住里，一巷之遙，尺寸若千里。卜鄰對望，雞犬之聲相聞，我們走的是最高境界的時尚——心靈往來。

搖頭晃腦，教書匠一生，自己沒有走出來的美麗；上蒼垂愛，憐憫弱書生，我的夕陽殘生卻乍現等出來的輝煌。學生是教書匠最大的資產，由於得天下英才而教育之，做一位好老師，就要耐得住寂寞。良師也好，名師也罷，在建中這棵大樹腳下，沒什麼高調可以唱，守株待兔是唯一的真理。我是聰明人，我懂得等。等啊等，終於等出了一位推理小說家。我打從心裡給他拍拍手。

話說從頭，當年——民國八十九年，台北市建國中學第十屆紅樓文學獎小說獎，共有五個獎額，我授課的兩個班，竟有四位學生獲得此項殊榮，轟動全建中，老夫撿到肉屑，也跟著飄飄然，至今都還津津樂道。秀霖是以〈倫敦一八八八〉一文獲獎，主題正是開膛手傑克殺人事件。十六、七歲的高二大男生，思維這麼縝密，說故事能力這麼強，令人折服。現在他以推理小說的寫作作為一生課業以外的志趣，深入一想，強哉矯強哉矯，了不起。這是建中紅樓才子的一種典型。遲來的掌聲，啪啪啪，我不吝嗇鼓掌。

《考場現形記》，即將付梓。這是一部歷史推理小說，秀霖告訴我，從醞釀期的蒐集資料到成熟期的創作完成，他整整花了十年的功夫，讓我十分吃驚，也十分敬佩。追本溯源，這部以明熹宗到明思宗崇禎皇帝為背景的推理小說，正是他建中得獎之後，意猶未盡，趁熱打鐵的力作。江山代有才人出，英雄出少年，還真是洵不誣也！才不可掩，自然如此。

本書是以明代科舉制度的怪現狀為基調，對古代儒林士子畢生鑽營仕宦，直入心窩，犀利就是一刀；反諷了一兩千年來令人搖頭的科舉之惡，其實轉了個彎，藉古諷今，也給古八股今八股狠狠打了個無數的巴掌，特別是時下三年兩年就要翻修的教育政策和升學主義這個大怪獸，所引來的動盪不安，作者讓故事說話，痛下針砭，為莘莘學子發聲，作者創作的企圖十分鮮明——替幾十年來的白老鼠一族討公道，隱隱的正義，透過陳淡來代言，不言而喻。

陳淡是這篇小說的靈魂人物，先祖陳賞和文天祥同榜登科，是堂堂一甲進士如假包換的榜眼。曾經顯赫的輝煌過去了，書香門第的家風也中衰了。終於，蒼天不負苦心人，來自福建「耕讀世家」的新舉人，走出鄉關，代替哥哥陳寧肩負陳家重振門楣的重責大任。故事就在演繹這一場禮部貢試的兩段祕辛，鎖院貢試的闈場發生命案，犯案手法竟然和九年前如出一轍。這兩起舉人暴斃事件，在政治上，暴露了東林黨與閹黨勢力的消長與爭鬥，一場攸關大明王朝存亡的密謀，詭異而陰森的悄悄開展；在科舉上，反映了舉子們唯科場登榜是務的悲哀，滿腦子盡是功名利祿，書生一生的成敗也全在科舉定奪的這一把，至於人性醜陋那一面的嚴厲批判，更不在話下，猜忌狹隘、短視近利、拉幫結黨、逢迎拍馬……更是栩栩如生，如在眼前。全篇的基本架構與定調，無非如此。

從小處看，作者突顯殿閣主考官高揚先生許思恪大學士與副考官劉應義之間的政黨角力；冤屈人物李鍊和張尊的穿針引線，馮敬、林炫的狐假虎威與冷血等等，都有對照鮮明的敘寫刻劃。九年前後兩件懸案，暴死的懸疑性與相關性，甚至小細節的穿插遊走，都十分精巧縝密。

看這部小說要有看鹿橋《未央歌》的耐性，才能讀出作者的巧思用心，前半部人物一個個出場上臺，節奏緩慢而豐富紛雜，從四面八方鋪墊，伏筆層層打樁。親愛的讀者，你得還要有看麥克・道格拉斯主演——《超完美謀殺案》的聚精會神，才能窺其全豹，大歎一聲妙哉！最好你還要有看柯南辦案的童心，完全滌盡俗慮，隨著作者逍遙遊於應考舉人、貢院士兵、錦衣衛三方匯辦的精采穿梭。看這部小說你也要準備吸收大量而嚴謹的史料——貢院會考、科舉舞弊風雲、政黨明爭暗鬥的黑幕……等等。小大靡遺，考證忠實細心。

「欲聞雍蔽達人情，先向歌詩求諷刺」，古代采詩官發掘民隱，上通有司。作者仿效《儒林外史》刻深嚴峻的諷刺精神，以邏輯性強、布局周密的推論手法，完成這部推理小說，呈現多元多樣的針砭，為這個大時代的官場，隱約提出了深沉的指控。所不同的是，在眾人皆醉、烏煙瘴氣的濁世，作者讓陳淡帶著讀書人唯一的傲骨，放下塵俗的洪流，昂然望天，在紛飛亂舞的雪花中，他獨取聖潔一片，不畏嚴寒，無懼孤獨，在哀傷的悲風中，挺直了腰桿。

讓我們讀著陳淡的一身風骨，順便跌入唐朝，翻一翻劉禹錫的〈白鷺兒〉。

你看——

「前山正無雲，飛去入遙碧」。

二〇一二年五月一日

彌封與拆解彌封

臺大中文系教授
蔡振豐

當秀霖首部長篇推理《國球的眼淚》出版時，許多讀者不禁追問，這位將隱喻、推理與寫實結合如此完美的優異作家是何方神聖？又當大家以林書豪瘋取代對國球的嘆息時，秀霖已將他的推理現場布置在明代的闈場，並且寫起了詰屈聱牙的文言文。因而，第二本長篇《考場現形記》又重新開拓了我們對秀霖的看法。

《考場現形記》開展於福建舉人陳淡赴京考試時，在闈場內親見的命案。作者有所考證的穿插當時貢院的建制、考試的過程以及考生的出身、東林黨與閹黨的政爭，使得情節的發展在其主從、虛實的配置下，展現強烈的歷史感以及引人入勝的推理張力，不但迎合了讀者的推理癖好，也滿足了對古代考試的知識興趣。特別是在考生的交通、住宿、考監人員的對待以及考試進行的形式上，作者都能不失趣味地詳實述寫，十足的表現推理小說中「社會派」的特色。

除了「社會派」的擬寫外，《考場現形記》也比《國球的眼淚》更具有「本格派」的寫作特徵。本格派要求完全揭露書中的推理要件，使讀者擁有與書中角色同等破案的理性邏輯，因而在謎題揭曉前，常有「向讀者挑戰」的宣言，告訴讀者「到這裡你已擁有足以解開謎題的線索」。本書在寫作上也依循這種作法，文中插入了一紙〈擒兇令〉，告訴讀者「兇手就在人物表中」。「本格」與「社會」的寫作技法，在於引發讀者進入謎題與解開謎題的興趣，是推理小說異於其他小說類型的特殊處。然而，若一本推理小說想要吸引讀者一讀再讀，就不能僅僅依靠巧妙曲折的案件佈局，而必須表現更多的文學趣味。就此而言，作者的第一部長篇《國球的眼淚》因為貼近當代，有令人驚異的表現，而《考場現形記》則因古典的文字與意識形態，使人須透過進一步思考才更能看到作者在文字背後所傳達的歷史識見與文學想像。

在古今的考試中，有所謂的彌封制度，最簡單的彌封是將試卷上考生的姓名、編號密封起來，讓閱卷的考官無法徇私。彌封的目的雖在於保障公平，但有心舞弊也可以此作為障眼之法。《考場現形記》事實上也表現了這種層層彌封的隱喻，如闈場內考官與考生的黨派身分、社會經濟地位以及考生的座次安排，甚至巡場人員之收賄、死亡考生的致死原因等，皆處於對外彌封的狀態，因而給人公平考試的印象。從彌封與拆解彌封的角度觀看《考場現形記》的情節進展，則可以看到小說中的二層隱喻，一是推理小說「解開謎題」以及「社會派」揮散迷霧而顯現真實的意義。二是作者所欲經營的歷史彌封，以及解開彌封後的文化聯想。

如果讀者能對小說的情節有更多的聯想，則可以發現小說中創造了許多有待拆解的封彌，如陳氏家族的「身世」彌封在祖先牌位上所藏的「沉重紙張」中。於是，當我們感覺《考場現形記》具有國文教科書式教忠教孝的結局時，作者打開了沉重的那紙彌封，告訴我們陳氏的先祖是文天祥，這似乎是為了給予這種傳統的冬烘思想一種歷史相似性或人物傳承性的解釋。如果我們接受了作者的這種安排，似乎就可以發現作者創作意圖下的更大彌封。《考場現形記》的命案發生於明思宗崇禎七年（西元一六三四年，甲戌年），十年後發生了甲申事變，崇禎帝自縊於景山，滿清入關明朝覆亡。滿清入主中國是世界文明史的大事，就國際關係而言，明朝對周邊國家所形成的東亞朝貢體系崩潰，使得朝鮮、日本等國開始有以「中華」自居的意識；而在學術思潮方面，則開始有對專制政體的批判與提倡實用學問的人文思潮。如果帶入這樣的歷史知識會令我們在小說之外，產生了什麼新的興味？

當嚴肅的考據史料轉為生動的生活細節時，那些歷史的常識就成了特殊的存有形式，連帶的也讓我們反省在科舉文化的影響下，一直到現在仍然進行著的各種考試。除此之外，在歷史的意識下，讀者也可試著去拆解「陳淡／黃民安」、「吳三桂／史可法」、「我族／非我族」、「八股／實學」等這些在華人文化中從未消失的議題。由考試可以看到生命的不同面向以及歷史流變的異同問題，而且這些在歷史中浮沉的人生種種，如同考試一般，也會變換成不同的形式，也會由文言文轉為白話文，甚至外國語文。

自序

十年磨一劍

話說這本《考場現形記》能夠問世，對自己寫作生涯來說真的別具一番獨特的意義。從資料蒐集、構思、佈局到寫作完成，歷經了將近十年的歲月，橫跨了不同的人生時期。當然，這十年間的寫作歷程並不是全部投注在這本小說，這之間也陸續完成並出版了其他作品。

因為是以歷史為背景的小說，前期的資料蒐集就下了很多工夫，光是研究科舉考試歷史資料就過了將近一年，甚至還去圖書館找到了歷屆科舉考試的「考古題」，後來還有幾年的時間，更栽進了古典文學的研究。幾千頁的歷史資料中，經過去蕪存菁後，在小說中會使用到的資料，倒也不超過百頁。不過話說十多年前，那個還是數據機撥接網路的年代，網路資料並沒有現在那麼豐富完整，大部分的資料，都是在不同圖書館一架架的書堆中，來回搜索那些滿布塵埃、幾乎乏人問津的泛黃書籍，再把相關資料影印回去慢慢研究，很有考古尋寶的偵探趣味。

在小說初版完成後，還特地再次翻閱相關明朝歷史，做為小說內容的校正依據。雖然如此，一定仍有不足之處，因為不是歷史大師，而且寫的是小說而不是正史，基於劇情需要與虛實交錯，最後真正會運用到的歷史資料，反而沒有當初想像的那麼多，但還是盡可能完整呈現明朝的科舉文化。

明朝，是一個特別的朝代，雖然太祖朱元璋廢除丞相制度，而後反倒出現了替代的「內閣制度」，政治上更是前所未有的蓬勃發展，士人之間互不順眼動不動就是「彈劾」，結黨互鬥是可想而知所會出現的情景。讀明朝歷史，再看看數百年後的今日，類似的歷史情節，彷彿一幕幕又在現代電視新聞中上演。而《考場現形記》的故事，就是在那個動盪的明朝末年間展開。

這一晃十年，真正第一部開始寫的長篇推理小說，如今總算能夠問世，自然難掩感動之情。

平凡人的平凡奮鬥

「十年寒窗無人問，一舉成名天下知。」這是多少古代士子所懷抱的科考夢想。科舉考試的精神一直延伸到近代的聯考升學制度，雖然對於這種一試定終身的方式，世人多有詬病，屬於絕對的不公平，但和現在新興的免試升學潮流相較之下，因為多元考量的標準很難拿捏一致，易流於主觀判斷，統一性的綜合學科考試制度反而有其相對的公平性。但不可否認，擁有標準答案的考試又有其限制創意與發展的盲點，這也是深深考驗近代教育學者該如何在兩者之間取得平衡的一大難題。

《考場現形記》的主角來自極待翻身的「耕讀世家」，是個對達官貴人來說，毫不起眼的平凡人，而整部故事除了推理以外的主軸就在描述這位主人翁的仕宦奮鬥歷程。

明清時期所盛行的「耕讀世家」，雖然最後真正經由科舉得以翻身的案例比重並不是很高，但至少帶給了這些貴族眼中的「平凡人」一個力爭上游的寶貴機會。而場景移至現代，「耕讀世家」仍未消失，但能夠翻身的舞台空間，卻有漸漸被其他升學制度所擠壓的疑慮。

隋唐科舉制度的興起，是有鑑於前朝「九品官人制度」，造成「上品無寒門，下品無世族」的不公現象，為了促進社會不同階級間的人才流動，所改進而成的舉才制度。雖然流於箝制思想之弊，後期發展又問題叢生，整體而言卻還是有其造就「平凡人」翻身的可貴之處。

因為自己不過是個微不足道的寫作者，即使平凡，卻因為最終沒有放棄，在沒有文學大獎光環的加持下，跌倒爬起了好幾回，拍拍身上的塵垢，還是默默低頭、持續開墾這條平凡的寫作道路。也因為如此，沒有得過大獎的包袱、沒有作品不容批判的疑慮、也沒有失敗丟臉的顧忌，一切都是這麼平淡自然、逍遙自適。回首一望，不知不覺中慢慢越過一座又一座當初自覺永遠無法攀爬的高山岩壁。偶爾灰心喪志，就看看路邊那些連一般人都不屑一顧，更何況是給予漂亮稱呼的小草野花，依舊逍遙自在展現自己最平凡的生命力，繼續茁壯成長。

在此，將這一部歷時十年的「平凡人最平凡的奮鬥歷程」獻給大家，也對深深影響我踏上寫作之路的兩位老師，林明進老師與蔡振豐教授，致上最高的謝意。首刷版稅結算後，也會將部分版稅捐贈給需要獎助學金升學的好學貧童，雖然力量十分有限，衷心不希望他們的升學機會被剝奪。最後也以自己跌跌撞撞的寫作歷程，勉勵有志踏入這塊創作領域的後生晚輩，只要持之以恆，不輕言放棄，也可以像路邊的無名小草野花，勇敢面對疾風暴雨，朝著自己的生命歷程大步邁進。

目次

序卷

時間：明熹宗天啟末年　春
地點：北京貢院

世有伯樂，然後有千里馬。千里馬常有，而伯樂不常有。故雖有名馬，只辱於奴人之手，駢死於槽櫪之間，不以千里稱也。馬之千里者，一食或盡粟一石。食馬者，不知其能千里而食也。是馬也，雖有千里之能，食不飽，力不足，才美不外現，且欲與常馬等不可得，安求其能千里也。策之不以其道，食之不能盡其材，鳴之而不能通其意，執策而臨之曰：「天下無馬。」嗚呼！其真無馬邪？其真不知馬也！

唐・韓愈

寒風颼颼，刺骨凜人，已是二月中旬，依舊冰天雪地。先前的狂風暴雪，讓整座北京貢院陷入一片白霧之中，儘管風雪已停，四周仍舊相當寒冷。

奉命監試的巡邏士兵李鍊，提著寒天裡格外溫暖的燈火，照例做著每日的考場巡邏，心中不禁浮現對考生由衷的同情。皎潔的月光映在皚皚白雪上，李鍊蹣跚的腳步搭上貢院內的寂靜，更顯得孤獨。

但，他絕不是考場內唯一的孤獨者。

貢院內聚集著來自全國各地的菁英分子——鄉試舉人，在此進行長達數日的會試科考。每個考生不僅要在那一間間狹窄的號舍內考試、吃飯、睡覺甚至拉撒，還要忍受冰寒之苦，實在是比監獄裡的囚犯都還不如。

李鍊想到這裡，不禁長嘆了一口氣。

院外傳來三更的報時聲，更增添了試場的寂寥之氣。李鍊加緊腳步，折騰了一個夜晚，總算可以歇息，因為換班的時候到了。

到了換班處，卻不見交接的士卒，李鍊頓感納悶，不經意地向前查看，只見遠方一名士卒衣衫不整倒臥在地。李鍊覺得又好氣又好笑，監察國家重大考試，竟然還敢喝得如此醉爛。於是用力抓起士卒的衣襟，正待發作，卻發現了事情的嚴重性。

「來人啊！快來人啊！殺人啊！殺人啊！」李鍊驚慌地尖叫著。

四周被驚醒的考生個個滿臉疑惑從號舍內探出頭來。沒多久，整個漆黑的考場被湧入的士兵照得燈火通明。

李鍊滿手是血，不斷地搖著地上的士卒，但那名士卒早已斷氣。

「怎麼一回事？」一名士兵來勢洶洶地問道。

「我不知道！我什麼都不知道！太突然了！真的太突然了！」李鍊瞠目答道。

全場一片混亂。

卷一

時間：明思宗崇禎七年　春

地點：北京城內

「崇禎五年，舉人陳生七試不第，悲平生之逆境，哀懷才之不遇，憮然踱於長江之畔。夕陽西下，流光臨波，閃閃動人；垂柳撫衣，清風拂面，恰似人間仙境。火紅山崖之中，但見兩葉輕舟，挑起陣陣淪漪；漁歌繞耳，心生傾慕之情。『露才揚己，怨懟沉江』，江河滾滾，方寸渾渾；『哀吾生之須臾，羨長江之無窮』，四望一顧，不可瞬目，但感江山如畫，人生如夢。

時有一老翁，披簑戴笠，垂釣楊柳灘頭。問其姓字，俯而不答。

俄而，老翁曰：『君若有不豫色然？』

陳生曰：『已矣呼！吾自束髮讀書以來，終日夙夜憂勤，毋敢懈怠，本欲鴻圖大展，經世濟民，一匡天下，奈何如今垂垂老矣！方中舉之時，左鄰右舍，東街西巷，長幼無不佩然，不可一世之氣，而今安在哉？吾是非不分，善惡不明，寡取易盈，好逞易窮，愚、蕩、賊、絞、亂、狂，六蔽集乎一身；忿忿然，小人哉；生無益於時，死無聞於世，徒然食息於天地間，是一蠹耳！而余以燕雀之身，素懷鴻鵠之志，斯乃以螳螂之臂，擋飛馳之車；以枯朽之繩，攀極天之峻。噫！天下之至愚者，捨我其誰？』

時斜陽半落，艷紅逼人。老翁喟然良久，目視長江滾滾東流。已而，置竿於地，起而嘆曰：『古之學者，每以『勤能補拙』喻於後世，其信然耶？蓋自欺耳。勤能補一時之拙，焉能補一世之短？或有一旦之例，則曰：『此則皇天不負苦心人也！』嗚呼！此不為運，則為命；不為天時，則為地利，豈為人和哉？旦旦以精之，汲汲以進之，碌碌以求之，雖欲大圖，何可得也！徒感『日月逝於上，體貌衰於下，忽然與萬物遷化』，忿忿終身，含恨以歿世。孔子云：『不在其位，不謀其政。』又云：『素其位而行，不願乎其外。』未若以補拙之心，用於所懷之長；以奮發之情，圖於可得之志。天下豈獨讀書為尚？但求順乎其情，此所謂行行出狀元也。『十年寒窗無人問，一舉成名天下知。』此其繆何也？若夫科考進士，則命也，然則聖賢誤人之語，害於中國士子，至今猶是，豈不悲哉？古云：『命裡有時終須有，命裡無時莫強求。』此之謂也。君何故不豫色然？』

陳生俯而思之，仰而長嘆，雖未盡信，然憾亦釋矣。」

陳淡輕柔地將這篇文章收入行囊，但依然掩飾不住他的惶恐。這篇兄長所贈的寓言，無非是希望他能夠豁達自適，不必因為科考名祿而煩擾憂傷，同時也是兄長的自解自嘲。

一陣寒風，不禁讓陳淡打了陣哆嗦。這位來自南方的舉人，從未見過如此嚴寒的氣候。陳淡，字子泊，家住福建漳州，正值弱冠之年，赴京應考會試，本應乘坐朝廷所派，專載各地舉人赴京的「公車」應試，但因某種因素，使他改由水路自行前往。這一路上，不知吃了多少苦。但現在可沒多少時間埋怨，因為已經比預定行程遲了一天。

明天就要舉行會試，想到此時，陳淡內心更加焦急。這會試可不比鄉試，所有考生都不是省油的燈。

步行一段路後，已近黃昏，街上依舊熙來攘往，好不熱鬧。現今舉國蕭條，流寇為患；女真叛明自立，心懷鬼胎，其皇太極更曾領兵直逼京師；韃靼、瓦剌雖已平服多年，依舊常因貿易糾紛騷擾邊境；就連沿海在多年前戚家軍的掃蕩下，還是不時受倭寇侵襲，但在繁榮的京師內，卻未聞一絲氣息。

「生於憂患，死於安樂。」陳淡想起孟子的那一段話。抬頭一望，矗立於眼前的是一座雕樑畫棟的「清風客棧」。陳淡雖然懷疑盤纏能夠支付幾日，但還是毫不猶豫地踏入客棧。

「您好啊！客官大人。」店小二裝出一副誠懇樣，肥胖的臉孔整個擠在一起，從小就對商人不懷好感的陳淡感到一股厭惡。

客棧內瀰漫著書香氣息，大廳十分寬敞，許多書生模樣的士人，在各桌高談闊論；也有不少人獨自在廳內一隅啜著小酒，手中捧著書籍，神情相當專注，細細咀嚼紙上的文字。

客棧內顯得相當熱鬧。

「嗯，我要借住幾日，以應明日會試之考。」陳淡平心靜氣地說著。

「客官大人，您果然不同凡響！一看便是做大官的料！」店小二乾笑了一聲。「您來這投宿就對啦！各地士人每逢科考必住本棧！請先隨我登記！」

聽到店小二結束了吹捧大會，陳淡內心倒是感到無比喜悅。翻開登記簿，裡頭清一色登記的都是「士人」。由於「清風客棧」地近北京貢院，因此往往是外地赴考士子的第一選擇。看到簿上有的客人三天前就來，有的五天前，甚至還有七天前的客人，看來大家為了這次會試無不卯足全力。而空房只剩幾間，陳淡慶幸自己雖然遲了一天，卻還有空餘客房可以投宿，真是幸運無比，不然真不知道最近的另一間客棧會在幾里之外。

翻完整本登記簿，沒有發現那個人的名字，倒覺得鬆了一口氣，看來改由水路所受之苦並沒有白費。

將行囊放置二樓客房後，陳淡下樓用著晚膳，面對不熟悉的北方菜餚與陌生環境，突然倍感孤寂。如果能在這裡遇到故鄉人士，那種親切自然無以言喻，但如果是要遇到那個人的話就算了！

「唉——鈺兄，據說今年主考官算一算也該輪到『高揚先生』，這下咱們可慘了！」陳淡無意間聽到了隔桌幾位客人的交談內容。

「為何這麼說呢？『高揚先生』稱得上是當今僅存的清流，有何不好？我洪鈺倒覺得非常高興！」這位稱作洪鈺的男子，年紀頗輕，面容卻帶有一股憔悴。

「唉呀！清不清流跟我有啥關係！我只圖謀得一官半職。這真不是你所能了解，你以為咱們是靠什麼才這樣一路考上舉人？鈺兄又不是不知，這次咱們浙江舉人只有你實力最強，現在要是遇到這種嚴格的主試官，咱們可沒戲唱了！」另一個人反駁著。

「那倒未必！就算主考官真的是那個清流，掌管各試場的主權還是握在副考官手中！主官不可能顧及每個試場細節，只要——」那人刻意壓低聲音說著，後面已經無法聽見。

「那你最好祈求主考官在咱們幹壞事時，不會巡場到咱們這裡！」洪鈺身旁的一名男子不以為然地說著。

「咳——咳——」洪鈺發現隔桌的陳淡很像在偷聽他們的交談，不悅地咳了幾聲。「我身體不大舒服，先上樓休息。」

洪鈺語畢，鞠躬作揖轉身就走。

看來這位浙江舉人可能染上風寒，身體狀況不是很好。不過陳淡發現就算是同鄉舉人一同應試，感情也未必很好，這位舉人似乎不願跟其他人同流合污。考場舞弊、賄賂情形並不令人意外，從童試、鄉試這樣一路考上來真的是見怪不怪，只是陳淡比較好奇京師會試的防弊措施理應更為嚴謹，他們要如何才能成功？況且舞弊對考試效用到底多大？考試範圍一直脫離不了四書，這幾年考下來早就倒背如流。

「唉呀！你這呆子！你惹得咱們浙江之光不高興啦！」看著洪鈺遠離後，一名男子開口說著。

「哼！這窮酸小子真以為他是靠著實力考上來的啊！這種科考制度成敗都看主官臉色，跟實力八竿子打不著。」

「話可別這麼說！要是那小子真有一天發達了，可別怪我當初沒叫你要好好巴結。」

「這我當然知道，不然你以為這一路對那小子要不是百般忍耐，現在我還會在這？」

陳淡越聽越無趣，文人相聚總是永無止境的冷潮熱諷。每個人都自以為是，完全聽不進別人的意見。一個省份的舉人就有著不同派系，更何況是朝廷內文武百官相聚，激烈的黨爭不難理解。

這時客棧門口又出現幾位客人，店小二滿臉笑容迎向前去。

「客官你們一看就氣宇非凡！」店小二笑瞇瞇地對著客人說著。「要用膳還是住宿？」

「咱們是來自山西的商人，可有三間客房可供安歇？」一名來者說道。

「哎呀，幾位大爺可真是抱歉，客房已滿——」

這幾位客人露出失望的表情，店小二不斷地鞠躬道歉，以宏亮的嗓音說著：「幾里之外還有一間客棧，幾位大人請慢走！」

聽到客滿的消息，陳淡感到一陣欣喜，因為這麼一來就不用跟那個人同處一個屋簷下。不過這個滑頭店小二，恐怕也是挑過客人才會讓他們進門，到底是真客滿還是假客滿，這也很難說了。

這時越來越多人從客房出來用餐，大廳內的飯桌略嫌不足。一位老者走向陳淡，行禮作揖說著：「這位兄弟，在下可否一同就坐？」

老者衣著高貴，看似朝廷官人，談吐舉止，乍看之下頗有儒者氣息，但眼神卻時而左右晃動。陳淡對這位老者作了一個長揖，便邀請老者一同就座。

顧著自己面前的膳食，陳淡沒有攀談的意思，反而是老者自己率先開口：「在下施翰堂，字雲靄，乃本地人氏，將應明日會試之考。敢問這位青年也是嗎？」

「是的。」陳淡冷道。

並不是陳淡不喜歡眼前的這名老者，只是從以前到現在，個性一直相當孤僻的他，不擅長與人閒聊攀談，尤其是文人之間的空泛交談，他更是沒那種雅致。會走上仕宦這條路，也不是出自己願。

「敢問何地人氏？」老者施翰堂不打趣，還是繼續追問。

陳淡無可奈何，也只能答道：「小弟陳淡子泊，福建漳州人，承蒙君惠，得立於此。明日會試之考，是小弟第一次參試，內心甚為惶恐。今日有幸，得識翰堂兄，敢請賜教。」

儘管陳淡並不想這麼客套，但在文人間打滾那麼多年，該有的基本禮儀，他也是非常清楚。即使是初次見面的人，雙方為了客套，都還是會稱兄道弟。就算打從心底不喜歡對方，也還是會溫文儒雅地互相讚頌，這便是他們文人所受的教育。本應該不是如此，但久而久之已成為官場文化的一種表徵。

「喔——」一聽到陳淡是福建人士，施翰堂掩飾不住臉上的失望，正好店小二這時將晚膳送上桌，總算化解了尷尬的場面。

會出現這樣的結果，陳淡並不意外，自太祖明立科舉制度之始，就曾經發生過南方人上榜人數遠超過北方人的事件，造成了南北衝突。後來也只能改成南北分榜來平息風波，但南北之間的嫌隙，卻不是那麼容易就能化解。一般居於政經重鎮的北方人士，大抵都會存在一股優越感，對於南方人士較為輕視。但南方較少遭受戰亂摧殘，近年的經濟發展反而更為蓬勃，也造成南北之間更為激烈的政治紛爭。

「敢問與『漳州國順』是否為舊識？」眼見陳淡就要離去，施翰堂趕緊問道。

「這——因師承不同門，倒是沒有深交。」

「那他今年會來考吧？」

「抱歉，不甚清楚——」陳淡答完後，隨意收拾餐具，起身準備離去。「翰堂兄，失禮了！」

一提到福建，大概所有考生都一定會想到「漳州國順」的名號，因為他在南方的名聲實在是太過響亮，甚至已經謠傳會是今年榜上的內定人選。既然身為同一個省份的舉人，更何況又是同鄉，陳淡不可能不認識，只不過某些原因讓他不想和這位「漳州國順」沾上關係。

聽家鄉已經放棄朝廷仕宦的老舉人說過，會試前在京師附近客棧內聚集的幾乎都是科考舉人，由於每三年一次的會試，應考人數成千上萬，能上榜的又只有那幾人，大部份的人終其一生也與黃榜無緣。很多時候一些舉人，是想藉機來認識未來官場上的明日之星，以在往後尋求庇蔭，因此會在客棧到處主動交談認識，這種慣例已經成為每三年會出現一次的士人盛會。

剛才那名叫做施翰堂的老者，也許因為科考多年無望，已經開始藉機四處尋找對象攀談，想不到卻只找到像陳淡這種初次應試，上榜無望的乳臭小子。雖然對於南方人多少有些瞧不起，但為了薦舉官途，還是想認識「漳州國順」，只不過一下就受到陳淡的無情拒絕。

站在客棧二樓的客房前，陳淡發現那名老者又前往別桌與其他舉人交談。看著他那微駝的背影，陳淡不知為何內心升起一股同情。

官，大家都想當，尤其又是朝廷內的大官。每年多少士子就是抱持這樣的想法，一股腦兒甚至是投入畢生的心力，就是想要榜上留名。

想到這裡，陳淡又覺得心情相當沉重。

進入客房後，本想拿出四書隨意瀏覽，然而連日的奔波，已讓他身心俱疲。即使躺在床上，翻來覆去卻又闔不上眼，無可奈何下，也只能踱出客房。

步出客房，卻劈頭就在客棧大門看到他最不願遇見的人。

一般人在異地遇故鄉，無不歡欣至極，但陳淡卻是一點歡愉的心情也沒有，反而是氣憤不已。就是為了不願意與這個人同行，才會改走水路自行前往，想不到最後卻還是碰上。

四目交接，陳淡與此人就如事先互相告知，雙方刻意避開目光。

眾人見到門口的這名書生，引起一陣騷動，其中幾人更是滿臉笑容一湧而上。那人不是別人，正是與陳淡同省同鄉的福建漳州舉人黃民安。

一襲華麗的錦衣，一頭梳理整齊的烏髮，一張俊美的臉，談笑風生，或許風流倜儻的三國周郎也不過如此。剎那間，黃民安已經成為全客棧的矚目焦點。

若依照謠言所示，黃民安今年幾乎篤定上榜，再加上他那俊美而優雅的面容，想要在殿試上讓皇帝留下深刻的好印象，順利奪得狀元，應該不是不可能的事。那些圍繞在黃民安身邊，不斷作揖問好的舉人，背後動機更讓人不難理解。

若是如此，南方人出現狀元，身為同鄉理應與有榮焉，然而陳淡心中卻是百感交集。

雖然陳淡眉清目秀，但與黃民安相較之下，卻顯得相形失色。陳淡當然不是惱於此事，而是有其他原因。

「黃大人，這邊請，這邊請，客房早就為您準備好了！」笑眼瞇瞇的店小二肢體動作比之前更為誇張。

原來先前的客滿，其實早就預藏了不知道幾間空房，準備迎接其他更有聲望的客人上門。這間「清風客棧」在京師素負盛名，一定會事先打聽當年度有哪些知名的舉人，對他們來說這是一項相當划算的賭注。從古至今，讀書人就一直被灌輸「知恩圖報」的觀念，歷史上也時常出現清寒子弟得志後，對於過去貧乏時受過的照顧，會加倍報答的案例，而這種事在這間豪華的「清風客棧」也已上演過無數次。但從另一個角度思考，陳淡多少認為過去一些上榜的舉人，對於這間「清風客棧」的支助，出於炫耀的動機，或許要比報恩大上許多。

簇擁黃民安的人群中，陳淡又望見施翰堂的身影。只是由於人潮實在過多，讓這名老者也只能在後排抬頭不斷張望。

二樓客房的一隅，陳淡發現先前那名浙江舉人洪鈺，也許因為房外出現騷動，想要一探究竟，悄悄步出客房。輕倚圍欄，先是遠遠打量黃民安的全身上下，接著冷哼一聲後，又回了客房。

不僅如此，其實一樓大廳內也有不少舉人，對於那些巴結黃民安的人群，相當不以為然，紛紛冷眼看著他們可笑的一舉一動，幾名舉人更是以睥睨的眼神盯著人潮中最為醒目的黃民安。

「來──來──來──」黃民安身旁的一名書生豪氣地嚷著。「大家不要客氣，咱們來自福建，今天黃少爺想請大家吃點東西，不要客氣，有機會多作交流！」

這名書生說完向店小二揮手，大概是要吩咐一些膳食。陳淡當然也認識這名書生，叫做石貫，平時在家鄉總像個書僮，百般服侍黃民安，到底真的是友情真摯，還是別有他意，這陳淡就不得而知了。明明文采不茂，甚至書史也時常混淆不清，到底是怎麼考上舉人，外界也有很多說法。

陳淡愈想愈氣，轉身想要步回客房，卻聽到令人生厭的聲音。

「唉呀──那不是淡弟嗎？怎麼不跟咱們一同前來？還以為你不來應考了！」黃民安朝著就要離去的陳淡遠遠喊著。

所有人朝著黃民安的目標看了過去，陳淡頓時感受到背後無數雙注目的眼神。不甘願地回過頭去，陳淡冷眼看著一樓大廳內的黃民安。

「別說我不照顧同鄉人，一起來用餐吧！看在令兄的份上，我黃某請客。」黃民安溫文儒雅地說著，並露出了親切可掬的笑容。

在場不知道事情原委的人，大概會認為這是黃民安的熱情邀約，但聽在陳淡耳裡，卻是格外刺耳。

「不好意思，小弟累了，也用過晚膳，將先行離去——」陳淡努力維持風度，對著樓下的人群深深鞠躬作揖。

掃向人群，陳淡發現一些人對於他這種拒絕邀約的舉動大感不解，甚至也聽到一些耳語：「這小子是誰啊！自以為是！」、「天啊，竟有人敢拒絕未來相國的邀請。」

「大夥兒別理他了，一起來盡興吧！」石貫先是皺眉怒視陳淡，接著熱情轉向群眾，盡可能擺出和善的臉色。

陳淡已經不想再看到那些同鄉的嘴臉，趕緊轉身離去。

「淡弟，一起努力吧！為了令兄，也為了咱們福建爭光吧！」黃民安對著已經快要進入客房的陳淡喊著，說完還發出了幾聲輕笑。

雖然背對大廳的陳淡看不到黃民安的表情，但他認為這句話的譏諷意味相當濃厚，壓抑怒火朝客房大步邁入。

「呦——生氣啦！」石貫笑道。

石貫刻意大聲說著，擺明就是要陳淡難看。

陳淡回房後努力調適自己的情緒，逕自躺在床上望著天花板發呆。

「巧言、令色、足恭，左丘明恥之，丘亦恥之。匿怨而友其人，左丘明恥之，丘亦恥之。」

陳淡想起了《論語》中的那段話語，不但文意早已滾瓜爛熟，後世賢者的集注更是倒背如流。但他實在不能理解，每個讀書人都了解這些簡單的道理，但實際生活中的應對進退，卻是彼此明爭暗鬥，匿怨而交，藏惡而往。

不願意和黃民安那幫人打交道，已經算是陳淡所能做到的最後極限。但往往當那些人投以惡語譏諷時，陳淡卻又匿怨而答，想來想去自己也不是什麼正人君子。讀了那麼多聖賢書，和自己周遭加以比對，陳淡更不禁懷疑這世上真的會有君子的存在嗎？也許上古時代的那些聖賢，不過是後人塑造出來的理想人物罷了。

「叩──叩──」

房外出現輕柔的叩門聲響，緊接著一名年輕的男子開口說道：「兄弟，安歇了嗎？」

由於聲調中聽不出惡意，陳淡也只是抱著疑惑的心情前去開門。

「你好，你好，在下謝庭梓禎，是本地的國子監監生。」這名年輕男子向陳淡慎重地作了長揖。

謝庭看似三十來歲，身上的衣飾相當高雅，在本地應當屬於小有地位的仕紳階級。雖然年齡還不算老，但頭上卻已經滿布了半白的髮色。

「敢問有何指教？」摸不著來意，陳淡問道。

「這裡有些不便，不如裡面請吧！」

「這——」

拗不過謝庭的請求，陳淡也只能帶著謝庭進入客房。

「淡弟是叫陳淡子泊，福建漳州人氏，怎麼沒與黃民安那些人一同前來？」謝庭問道。「不好意思，我翻了登記簿，也向那店小二打聽，發現淡弟沒與他們同行，甚為好奇。」

陳淡感到有些不悅，這種訐人隱私的事情，到底有什麼目的，更何況從以前就一直對「國子監監生」不懷好感。

其實不僅陳淡抱有這種想法，一般由童試、鄉試一路考上來的舉人，都會瞧不起這些僅藉由學校教育，就取得應考會試資格的國子監監生。朝廷設立學校教育的原意，是希望能夠藉由自己的管道培養出一群優秀的人才，接管朝庭內各種職務。但自神宗萬曆年間，日本國關白秀吉侵犯朝鮮，朝鮮上表告急，邊疆官兵缺餉，有戶部官特請奏准「納粟入監」，開此先例後，讓後來整個教育體系逐漸變調。國子監教育已經沒有以往那般嚴謹，漸漸流於空泛，更成為許多富家子弟的投機路徑。

「這——只是私人因素。」陳淡答道。

「喔——我看淡弟似乎不喜歡那些人，我也同有此感。」謝庭輕皺眉頭說著。

「我是不喜歡他們，但這又有何重要之處？人皆有喜好。」陳淡顯得有些不耐。

「別這麼說，即使黃民安那廝聲勢如日中天，但可別忘了，魏賊早已伏誅，咱們現今朝庭之中並非只有『閹黨』當政。」

「此話怎說？」陳淡當然知道謝庭指的魏賊，便是那叱吒一時的權臣魏忠賢，但謝庭話中有話，讓陳淡實在不是很清楚他的來意。

「我知道淡弟不喜歡黃民安，甚至是厭惡。這年頭，人人總愛攀緣附勢，我看淡弟是少有的清流，不會刻意接近那奸人『閹黨』，不如——」

雖然謝庭還沒明說，但陳淡大概也猜想得到，他應該是「東林黨」人，才會對「閹黨」那般痛恨。崇禎皇帝即位後，雖使魏忠賢伏法，然而朝中「閹黨」殘餘勢力卻還是根深蒂固，不是那麼容易就能剷除。況且朝中之士也不是人人都愛那自命清高的「東林黨」，在「東林黨」逐漸得勢之時，對其不滿的官員，也慢慢向「閹黨」靠攏，兩黨之間的消長，一時之間也很難定論。而黃民安除了在南方相當有名以外，另一個讓大家格外矚目的焦點，便是他親「閹黨」的言論傾向。

「淡弟——」見到陳淡有些恍神，謝庭輕拍了他的肩膀。「我還是開門見山直說了。今年我看黃民安是必上無疑，這年頭已經沒什麼實力可言，上榜與不上，端看名氣。我是『東林黨』人，我看那傢伙往後絕對會是『閹黨』走狗。我不知道淡弟基於何種原因，那般痛恨黃民安，但我看為了大明未來的前程，務請淡弟一定要加入咱們

『東林黨』和那惡幫加以抗衡。」

「這——」

陳淡從來沒有想過那麼多，內心的目標只有仕宦一途，除了對於過去閹黨的惡行相當痛惡以外，倒是沒有想過要加入東林黨。

「淡弟，偷偷告訴你，今年主試官『高揚先生』，就是咱們『東林黨』人，我看你相貌堂堂，必是未來國家棟樑，不如早日決定棲息之所，立命以為天下蒼生。我與『高揚先生』素有幾面之緣，如果淡弟真有此意，必會在先生面前大力推薦，這也算是為國舉才！」

「唉——」陳淡輕嘆了一口氣。「謝兄，這事實在過於突然，我對這些事情並不是相當在意，一心只想侍奉朝廷，並沒有想過那麼多。可否容我思考幾日，甚至待我有幸上榜，再來好好思考。」

「淡弟，你有實力，又有我的力舉，要侍奉朝庭並不是難事，端看你有沒有與『閹黨』那廝惡棍周旋到底的決心了。」

「這——」陳淡從沒想過官場上會是如此複雜。「謝兄，失敬了！我真的累了，可否容我安歇？」

「好吧，既然淡弟心意已決，我也不再刁難，好好為國思考一番，謹祝鴻運！」謝庭笑道。

儘管謝庭直到離去前，一直維持著親切的笑容，但陳淡多少可以感受到他的不悅。也許因為陳淡的猶豫不決和含糊的答覆，讓謝庭相當不滿。

為了謹慎起見，陳淡也不敢隨意予以承諾。雖然閹黨首腦魏忠賢多年前就已伏誅，但他屠殺東林黨人的前車之鑑，也讓大家不得不引以為誡。即使謝庭口口聲聲說他就是東林黨人，但誰也不能保證他會不會是閹黨派來試探底細的人。

如果他真的只是單純想拉攏陳淡加入東林黨的勢力，那也還是相當令人惋惜。這兩黨之間的紛爭，竟然已經延燒到尚未入仕的舉人間，想想也很悲哀。

陳淡搖搖頭，拖著疲憊的身心，往床頭一倒，卻還是無法入眠。

明日清晨就要開始進入北京貢院接受點名，一想到這裡，更是讓陳淡緊張不已。

「唉——」陳淡深深嘆了一口氣，起身在房內踱了一陣子，最後佇立在窗口邊，隨意地開了窗扉。

眼前的景物讓陳淡差點驚叫出來。從前只是經由書中得知雪為何物，如今卻是第一次親眼瞧見，內心的驚奇自然更是難以抑止。

陳淡伸手想要抓住空中飄蕩的細雪，不一會兒，他抓住了。他感到手心冰涼，而後的凍寒卻令人有些忍受不住，便以雙手互拍拭去，這就是雪的感覺。

皚皚的白雪把整個京師的街道點綴得如煙似幻，彷彿夢中的美景，是陳淡這輩子從未見過的場景。街上的路人已經散去，偶爾才會瞥見幾名行人撐著點綴白雪裝飾的油傘，更增添了幾分寂寥之意。

凝視遠方，陳淡看得入神。

大家究竟是抱著什麼樣的目的，走上謀官的這條路？真的會有人抱持著經世濟民的偉大理念嗎？陳淡不禁這麼懷疑。理想歸理想，現實卻又是另一回事。

但他卻很清楚，這絕不是他走上官途的動力，或許該說他根本沒有目的，只知道考上科舉是他唯一的人生意義，這條由他人所決定的坎坷道路。

卷二

時間：明熹宗天啟年間
地點：福建漳州

「過盡千帆皆不是，餘暉脈脈水悠悠。」

福建漳州雖然已是個沒落的古港口，但還是可以看到無數船隻往來穿梭。世宗嘉靖年間，中國海盜勾結日本國海盜和弗朗機人（葡萄牙人），在江淮以下的沿岸肆虐，亂事雖已平定，但餘黨仍不斷興風起浪，凋零的經濟也難以輕易復甦。

驟雨初歇，又是一個宜人的夏日午後，一名衣衫端正的青年，帶著一個十歲的小男孩正要進城，這對兄弟剛從福州回來，雖然經由長途跋涉，小男孩卻未帶一絲倦意。

「福州真是熱鬧，一路上所見所聞，真的是琳瑯滿目，五花八門。不用種田的日子真是快樂！」小男孩開心地說著。

「淡弟，要是你喜歡，下次再帶你出福建，去別的地方玩玩。不過，真不知道這次鄉試能不能上榜——」青年看著幼弟愉悅的眼神，心情反而更為沉重，愈說愈沒信心。「已經是第三次應試，算一算也過了快十年，要是再不上榜，真的是無顏見列祖列宗——」

小男孩似乎想要說出幾句激勵的話語，卻欲言又止。這時前方來了一名面容和善的男子。

男子一臉笑容道：「寧兄，好久不見，福州可好玩嗎？」

「還不錯呢！」陳寧微微頷首。

得到答覆後，男子轉向陳寧身旁的小男孩說著：「咦！你就是陳寧的小弟陳淡呀！竟然長這麼大了！」

陳淡禮貌性地笑了笑。

這位迎面而來的男子，是陳寧的同窗好友劉正佐。鄉試一完，陳寧便帶著妻子林氏和幼弟陳淡到福州歸寧（古時女子回娘家省親），林氏欲多留幾日，所以陳寧和陳淡便先行返家。

「這次那小子可不知為何沒來參加鄉試？」劉正佐指的那人正是黃民安。「也許是怕又再考不上，所以怕了吧！」

一聽到是在論述那人，陳寧趕緊斂容道：「雖說鄉試應考人數成千上萬，不會在考場相遇也是正常之事，但天知道那小子又在計畫什麼壞事，整日只會抱著闈墨制義（八股文範本）死啃，卻不願多多充實內涵，用這種投機取巧的方法就算上了鄉試，會試也別想了！」

陳寧、劉正佐和黃民安三人雖已同窗多年，但卻可以明顯看出兩人對於黃民安的厭惡。

「哼，而且那傢伙老愛與人爭辯，無關緊要的小事也一定要用趕盡殺絕的口吻駁倒對方，淨是在口舌上爭快——」劉正佐講得火氣上揚。「唉，別談他了，愈講愈氣！」

平復情緒後，劉正佐又再開口：「欸，對了，寧兄這次應該上榜有望，業師說你火候已夠，實力可是遠遠凌駕黃民安那小子之上，到時候請客，可別忘了我這好兄弟！」

劉正佐說完後看著陳寧露出笑容。

「那可真恭喜你啊，寧兄，既然業師都這麼說了！」突然，他們之間插入了一句輕蔑口吻的話語。

三人回頭一看，只見一名有如鶴立雞群般的高雅人士站在身後，與他們三人作揖行禮。

街上熙來攘往的路人，沒有不被他所吸引的，因為他正是漳州，甚至可說是福建第一美男子。

高雅的動作，優美的舉止，全身散發著一種特別的高貴氣質，讓人看了好不羨慕。他同時又是漳州首富商人的長子，這樣的出身背景更讓人份外眼紅。那人正是與陳寧他們同鄉同窗的秀才黃民安。但他那一切舉止，看在陳寧和劉正佐的眼裡，不過是一連串延綿不斷，矯揉造作的舉動。只不過掩飾得太過高超，以至於一般常人反而看不出來，但他這種個性，從小與他一同長大的陳寧是再清楚不過了。或許因為陳寧文采造詣甚高，讓黃民安有些忌妒，總是處處刁難陳寧，隨著年紀增長，兩人之間的感情已經沒有兒時那般單純。陳寧和劉正佐打從心底就瞧不起黃民安，尤其是陳寧，更是視之如涕唾。

一直與黃民安感情融洽的那些人也隨侍在旁，當然那個相當功利的石貫也在其中，都不是令人討喜的人物。

劉正佐臉上笑容消失的速度快得有些離譜，陳寧臉色早已變得相當沉重，就連陳淡也沾染了這份肅殺之氣。

小小年紀的他，很少聽到兄長述說他周邊的朋友，當然從來也不知道有黃民安這號人物。但觀察到兄長對於黃民安不懷好感，間接也使陳淡不知為何對於這位美男子莫名產生厭惡。

「陳兄、劉兄，何必如此！我黃某可是大老遠從廣西回來，何必如此！」黃民安的一陣殷勤，讓一旁的路人看了都覺得陳寧一行人實在過於無禮。

不過黃民安的廣西之行，倒是提起了劉正佐的好奇之心。

「廣西之行如何？」劉正佐面無表情地問道。

黃民安這時闔上雙眼，搖頭晃腦地說著：「陽朔山水甲桂林，桂林山水甲天下。」

陳寧見到黃民安這般模樣，有點忍受不住，皺了皺眉頭。

「答非所問，故作瀟灑樣！」劉正佐在一旁小聲地抱怨。

黃民安聽了以後，沒有惱怒，反而正氣凜然地斥道：「侍於君子之側有三愆：言未及之而言，謂之噪；言及之而不言，謂之隱；未見顏色而言，謂之瞽。」

直接引用了孔老夫子的名言來罵人，黃民安相當沾沾自喜，並指著劉正佐喊著：「噪！」對陳寧喊著：「隱！」看了一下陳淡後，莫名地喊了：「瞽！」

陳淡這時終於了解為何兄長那麼厭惡黃民安的原因。一副正氣凜然的樣子，為的卻又只是這種口頭上的快感。

過去因為黃民安這樣尖酸刻薄的個性，陳寧和劉正佐早就不與他有任何來往，想不到這次卻在大街上直接對他們言語挑釁。陳寧愈想愈氣，怒道：「爾自稱為君子，然吾今僅見偽君子一也。」

為了不甘示弱，雙方的口角漸入文言，連罵人也要修飾地文雅優美。路上圍觀的群眾愈來愈多，因為這可是難得一見的奇景——三個秀才在大街上爭吵，而且愈吵愈烈。

黃民安沉著以應：「陳寧，休得無禮！汝雖欲自絕於君子，於我何傷焉！多見其不自量力！」

眾人皆點頭稱是，一直站在黃民安身邊的石貫更是拍手叫好。

劉正佐見眾人愚昧無知，早已氣得說不出話來，卻還是隱忍不住：「黃民安——你——口若懸河，詞暢言達，徒逞口舌之快，顛倒是非，實在是——實在是——」

「巧言令色，鮮矣仁！」突然冒出了這句話，眾人皆十分訝異，因為聲音的來源竟是那十歲的小男孩。

受到眾人矚目的陳淡，這時十分焦急，下意識地拉著兄長的衣袖說道：「大哥，快走吧！別理這奇怪的人——」

「呵——呵——呵——」黃民安故作風度貌地笑道：「毛頭小鬼，無恥無禮，誹我謗我，蓋陳寧之弟也。諸位鄉親，孟子曾云：『於禽獸又何難焉！』今者三人，無情無義不知禮數，是禽獸也，吾不計也！」

話都還沒說完，四周圍觀的群眾早就開始喝采。

陳寧和劉正佐對此情形也無可奈何，因為黃民安是富商之子，地位崇高，平日好施捨，雖然這些善行背後還有其他目的，但他還是在眾人心目中建立了良好的假形象。

「我說陳寧子靜——」黃民安覺得還不過癮，以尖酸的口吻又補了一句。「你放任老父一人在家辛勤工作，自己卻和胞弟在此遊玩，你這不肖子還是人嗎！咱們家是同情你老父，才支助你老父，並不是要支助你這種不肖子！」

陳寧愈想愈氣，但黃民安的話也不無道理。然而陳寧已經有些忍受不住，何必矜持什麼無謂的禮法，再這樣隱忍下去，自己也不過是個只會袒護形象的偽君子罷了。過去即使受到黃民安的言語諷刺，都沒有像今日這般在這種人來人往的大街上當眾出醜。

「是可忍——」陳寧聲調逐字放大地說著。「孰不可忍！」

不待眾人來得及反應，早已發現黃民安撲倒在地。原來他挨了陳寧的一記重拳，但畢竟陳寧也是書生出身，力道也強不到哪去，只是黃民安還是誇飾地相當成功，好似一切都在他算計之中。

眾人原想會有好戲可看，但沒想到黃民安依舊神情自若，風度翩翩地緩緩站起，輕輕拂去身上的塵埃。

街上目睹這樁暴行的人開始議論紛紛，對陳寧更是惡眼相向，指指點點。這時不知道從何處殺出了一群書生，開始痛罵陳寧三人的不是。

「太可惡！」

「無禮！」

「無恥！」

原來是和他們同窗的秀才，同時也是黃民安的酒肉朋友。平時總是對待友人出手大方的黃民安，一下就聚集了不少這類型的朋友。想必這次廣西之行，也是出於黃民安之手的招待之旅，這種事對於他們來說，早已司空見慣。

陳寧三人立在大街上不知所措，劉正佐更是面露恐懼。雖然陳寧他們平時會盡可能避開與黃民安的接觸，但要是黃民安自己找上麻煩，頂多也只是言語上的衝突。想不到這次陳寧一氣之下，竟然動了手，雖然沒有造成什麼嚴重傷害，但畢竟黃民安在鄉里上算是相當有頭有臉的人物，連福州居民也知道這號人物，不是一般人能夠招惹得起，更何況某種程度上，陳寧一家人算是欠了黃民安父親大大的人情。

「寧兄，你太衝動了——」劉正佐小聲地在陳寧耳邊說著。

「是啊——」黃民安還是維持著笑容。「君子動口不動手嘛！」

陳淡看到四周人群不斷對著他們惡言相向，不知如何是好，急得快要哭了出來。雖然陳淡很清楚兄長個性耿直，是個堅強的人，但會出現這樣失態的舉動，也很意外。

「阿寧！阿寧！你在這裡啊！找你找了好久了！」遠方傳來了一名老人的呼喊聲，總算暫時化解了尷尬的場面。

眾人但見陳寧與鄰人福伯交頭接耳，不知道說了些什麼，但卻令陳寧臉色大變，驚惶失措，轉身急忙準備離去。

輿論之聲又再次響起。

「好像有什麼不好的事發生了！」一名路人擔心地說著。

但另一名路人反而刻薄地答道：「哼！管他是什麼壞事，這就是報應！」

陳淡看見兄長鼻翼扇動，因為他也聽到了這些話語。即使如此，陳淡還是不知道發生了什麼事，只知道兄長緊緊握住他的小手準備離去。

「喔——該不會是我預言靈驗，你老父真的因為不肖子游手好閒而病倒了？」黃民安在陳寧離去前，又刻意問了一句。

陳寧回頭狠狠瞪了黃民安一眼，隨即離去。

「寧兄，要是中舉了，可別忘了我這名好兄弟！」看著陳寧離去的身影，黃民安故意學著先前劉正佐的口吻說著。

陳寧停頓了一會兒，但沒有理會，頭也不回地繼續前進。

「活該！這種不肖子！」

「嘖！對黃大人那是什麼態度！這種人要真的不幸中舉不是變本加厲，對咱們這些小百姓一定更瞧不起！」

「哼！怎麼會生出這種兒子，可憐了老勇！」

一些認識陳寧父親陳勇的里民，更是對於陳寧暴力行為無法諒解。

陳寧沒有多做回應，只是帶著陳淡跟著福伯繼續向前。

一路上，除了劉正佐持續不斷的怒罵聲外，幾乎沒有其他交談。在道別了劉正佐與福伯後，陳寧步行速度愈來愈快，到最後幾乎是以飛奔狀態趕回家中。

一進門，大概也知道發生了什麼事情，因為他看見父親躺在床上，而身旁正坐著徐大夫。

「噓——」徐大夫小聲地說著：「這次病情可真嚴重，要不是福伯發現得早，恐怕已經——」

「徐大夫，不要緊吧？」陳寧著急地問著。

「我不大確定，這幾天是危險期，務必要非常小心！」徐大夫來回踱了幾步。「令尊為了讓你讀書，每天辛苦下田工作，經年累月，如今捱出這種病來，你一定要好好爭氣。」

陳寧點點頭，但眼神除了悲傷以外，似乎連原有的自信也消失殆盡。

「這裡的幾帖藥請按時服用吧！」徐大夫從藥箱內拿出幾帖藥，又拿出一張紙。「而這是藥方，如有任何異狀，一定要趕快通知我！」

徐大夫腳步沉重地走出大門，回頭看了陳寧幾人，深深嘆了一口氣：「唉——耕讀世家——」

這種家族在當時八股取士下非常盛行，所謂「耕讀世家」，就是家族有計畫地培養一個孩子成為讀書人，以考取功名仕宦為目的。其他家人則全力佃耕農地賺取讀書所需之金，藉此讓家族得以翻身。

但從以前到現在，這種「耕讀世家」真正能讓家族功成名就的又有幾人？

徐大夫想到這裡又搖了搖頭。

又是另一個宜人的夏日午後，福建省內群山環繞，巒巒相連，更是蒼翠欲滴。陳寧坐在大門口，似乎在等待什麼。清風徐來，卻未有一絲愉悅氣息。

陳寧和陳淡兄弟兩人像失了魂的軀體，呆坐原地。

「寧兒，你一定好好照顧淡兒，也要好好讀書，求個功名，光宗耀祖，好讓我安心——」陳寧腦中不斷閃過父親前幾日最後的叮嚀。

風吹幡動，令人看了十分淒切，而陳寧、陳淡身上的一襲白衣，更深深增添了幾分悲傷之感。

斜倚在角落的鋤頭，如今已經失去主人。望著屋裡那張父親睡過的床，再看看廳內的靈柩，令陳寧空嘆「子欲養而親不待」。

回首這麼多年來，老父總是帶著幼弟陳淡，做著佃耕的粗活。由於陳淡年紀還小，幾乎幫不了什麼忙，養家的重擔總是落在父親身上。

妻子林氏從嫁入陳家以來，就沒有享受過好日子，雖然也是做著粗活，但大部分還是以家務事為主，整個家族只剩下陳寧一人不事生產。

當年在父親的指示下，陳寧成為家族中選定的對象，只要以科考仕宦為目標，不需要煩惱其他家計，偶爾在農忙時抽身幫忙即可。第一年的童試並不順利，但陳寧的文學成就已經在鄉里傳為佳話，雖然三年後才順利考上了秀才，父親還是覺得陳寧讓家族翻身有望。

在廳內深處的祖先牌位上，裡頭藏著一張陳寧從小就覺得相當沉重的紙張。陳寧自覺不是塊科考的料，眼見家計愈來愈重，實在很難繼續一直這樣靠著家人過活，但每當想要放棄投入農耕，總被父親嚴厲斥責，並要他遵照先祖的遺願，完成復興家族名望的任務，其他什麼都不要擔心。

看著體弱多病的幼弟陳淡，為了分擔家計，總是在田地內忙進忙出，心裡非常不忍。三年過了又是三年，陳寧已經接連兩次的鄉試都落榜了。儘管在鄉里上，他的文采造詣已經相當出色，甚至文體自成一派，在南方也頗負盛名，只是科考這種標準，原本就相當主觀，許多像他一樣在文學上小有成就的文士，別說是進士，一些歷史上留下流傳千古文章的文人，就連舉人都還考不上。

父親佃耕的農地，是向黃民安父親租借而來，每年收成以後，需要繳納大筆稼穗到債主那裡。即使租金相當不合理，父親為了讓陳寧早日中舉，也只能咬緊牙根苦撐下去，這也是為何陳寧總是在黃民安面前抬不起頭的原因。

幼年時，陳寧就被送去私塾學文，是在父親的千託萬拜下，才勉強進入較好的學堂。而富商之子黃民安也在同一間學堂，即使黃民安知道陳寧來自「耕讀世家」，是自己父親的佃農，並沒有對他特別苛薄，由於兩人對於學文頗具興趣，反而成為要好的朋友。然而當學堂教師漸漸發現陳寧才華洋溢，而將關注焦點轉往他身上以後，黃民安反而對此情形開始產生不滿。第一次的童試，陳寧與黃民安皆未能如願以償，但在很少出現秀才的漳州鄉里上，這也是很正常的事。

直到第二次童試，陳寧考上秀才，鄉里間更是傳為美談，普遍認為往後陳寧必定能夠順利中舉。然而這一次的童試，同樣呼聲很高的黃民安卻意外落榜，也就是在這一次的童試之後，兩人間的友情產生了更大的裂痕。以往因為黃民安父親是家中的佃農地主，對於他後來尖酸刻薄的個性，總是百般忍耐，在成為秀才後，雖然沒什麼實質收入上的增加，但在鄉里上的地位還是比以往高了許多。也許因為左鄰右舍的吹捧，讓陳寧也有些自滿，開始對於黃民安的壓榨比較會做出反抗，兩人之間的瑜亮情結自不在話下。

過了三年，黃民安也通過童試成為秀才，反倒是陳寧在接下來的鄉試一直不是很順利，連年落榜。這時候鄉里居民卻又像忘了先前說過的話，開始褒獎黃民安會是漳州出現的下一個舉人。陳寧和黃民安之間的情結，就一直這樣延燒到現在。

在父親過世以後，陳寧才從福伯那裡得知，原來父親生前時常在租金方面，受到黃民安父親的壓榨，只是為了不讓陳寧擔心，父親和妻子林氏一直默默將這件事承擔下來。一想到這裡，除了對於黃民安那家人更為痛惡以外，更不能原諒自己。

陳寧坐在大門口繼續等著，就像在等些什麼。即使父親已經不在，這是他最後一次能夠回報父親的機會了。

林氏坐在屋內守候，看著門口失魂的兩兄弟，不禁輕嘆了一口氣。

遠方傳來一陣喧鬧聲，讓陳寧更為忐忑不安。

即使好友和業師不斷說著陳寧此次上榜有望，在陳寧內心還是沒有那麼確實的把握，畢竟這種代聖人立言的科考，根本沒有客觀的標準，考了這麼多年下來，陳寧已經覺得考運似乎才是決定成敗的標準。

「寧兄！寧兄！」

遠遠就可以聽見劉正佐氣喘吁吁的聲音，不久他的身影便出現在陳寧家門前。

由於尚在守喪期間，即使陳寧知道劉正佐想要說些什麼，還是不能表現得過於歡愉。

報喜隊伍燃起的鞭炮聲響逐漸接近，敲鑼打鼓的巨響更是近在耳邊。

「寧兄，報喜隊伍接近了，這條路上具有舉人資格的，就只有寧兄你了！」雖然劉正佐也知道居喪期間該有的禮節，但還是難掩興奮之情。

「這——」陳寧回頭望著廳內白色的布置和靈柩，再看看前方熱鬧的報喜隊伍和大紅旌旗，形成了強烈的對比。

「寧兄，咱們終於要出頭天了！雖說有人謠傳近年的評選標準已流於形式，有著彌封、謄錄制度，但眼尖的試官也猜得出來是誰的試卷，最後總是看誰名氣大和對自己有利而決定。最可惡的，這名氣還不是看文采，而是看在鄉里間誰的名聲大，誰對自己往後官場派系最有利。若是這樣，還真讓散盡千金的黃民安佔盡便宜。我說寧兄可真是才華洋溢，有實力者不必懼怕黃民安這種邪門小道！」

陳寧只是聽著，沒有多說什麼。其實業師也一直對他私下透露，非常看好他的發展。他和那個只知道投機取巧，鑽研八股文的黃民安實力還是大相逕庭。即使業師這麼說著，陳寧也還是多次落榜，對於這次的考試，也不是很有信心。但倘若真的能夠中舉，也算是能了一樁多年來的夙願。

林氏在屋內也察覺外面報喜隊伍的喧鬧聲，變得坐立難安。陳淡雖然一直待在陳寧身邊，卻也不敢輕舉妄動。

「砰——砰——砰——砰——砰——」

快要接近陳寧家門口，報喜隊伍的頭陣，又燃起了幾串爆竹，讓場面變得更為喧鬧。

陳寧遲疑地走向門口，準備迎接隊伍的傳令。但當他愈往前跨進一步，卻覺得身體更為沉重。即使中舉，往後的家計又該如何？已經沒有人可以負擔家業，讓他安心準備之後的會試。以舉人身分勉強求官，最多也只有地方行政的小吏，貧乏的經濟狀況並不會改善多少，而且也和父親家族翻身的遺願相差甚遠。不管如何，父親已經無法親眼見到他這些年來努力的成果，想到這裡，內心又是一陣刺痛。

到了門口，延綿數里的報喜隊伍並沒有停下腳步，還是不斷敲鑼打鼓，顯得格外刺耳。陳寧低頭緩緩作出了跪坐的姿勢，準備接下傳令，內心卻是無比的沉重。

一直到整個隊伍接近尾聲，這些人馬還是沒有放慢速度。幾個報喜隊伍中的人，看到陳寧在門口跪坐的模樣，更是失聲笑了出來。

聽見笑聲後，陳寧抬起頭來，卻發現這隊伍並沒有停下來的跡象，直到隊伍末端消失在眼前後，陳寧才發現這隊伍的用意。

「怎麼一回事！」劉正佐驚慌地跑向前來。

隊伍的最後幾人，不知道是出於同情還是譏諷，嘻皮笑臉地回頭大聲喊著：「報——恭賀黃大人民安中舉！」

前頭的隊伍聽到後頭的喊話，整個隊伍也很有默契地跟著喊了起來。

「恭賀黃大人民安中舉！」

陳寧不敢相信耳中所聽到的話語，但眼前隊伍確實逐漸遠離，整個人無力地跪坐在地。

劉正佐更是暴跳如雷，憤怒道：「黃民安這小子！一定是他故意讓報喜隊伍繞道經過此地的！」

確實，陳寧和黃民安宅邸隔著一段不算近的距離，報喜隊伍若是要去黃民安家中傳達喜訊，大可不必經由此地，恐怕是黃民安早就知道自己上榜的消息，刻意讓報喜隊伍繞過陳寧面前使他難堪。

隊伍後頭還跟著零星幾個看熱鬧的鄉里民眾，見到陳寧落魄的出糗模樣，不由自主地笑了。一些人雖然深表同情，但報喜隊伍已經逐漸離去，也只能加緊腳步，離開這裡。

陳寧還是跪坐在地，臉上已經不自覺地落下了憤恨的眼淚。他很不願意接受黃民安上榜的事實，他打從心底就瞧不起黃民安的為人，但經史造詣比不上自己的黃民安卻還是中舉了。

劉正佐看了陳寧幾眼，想要說些什麼，卻還是把話吞了回去。陳淡和林氏眼睜睜地看著陳寧跪在大門前紋風不動，卻也不知如何是好。

幾經猶豫，劉正佐還是向陳寧作了一個長揖，轉身追向黃民安的報喜隊伍。

陳寧雖然知道劉正佐可能是要前往恭賀這名新科舉人，但他不訝異同窗好友會出現這樣的舉動。換作是自己，如果只是一般毫無依靠的市井小民，為了求生存和往後官途，一定也會選邊站，只怪陳寧自己不爭氣，輸了這場鄉試。

即使劉正佐已經離去一段時間，陳寧依舊跪坐原地，這段喪父之痛所壓抑的淚水，也跟著隊伍的離去一次全部潰堤。

清風持續吹拂，即使知道妻子和幼弟就在身後，陳寧還是哭得無法自己。

清晨，尚未破曉，廳內已經出現斷斷續續的走動雜聲。陳淡揉著迷濛的雙眼，踏入大廳，卻發現兄長陳寧已經在祖先牌位前燒香祭祀。

看看大廳外的門庭，還有一道火光正在燃燒。

「大哥，這是——」陳淡問道。

不過陳寧並沒有回應，還是專心地凝視著祖先牌位。

陳淡察覺兄長神色有些異狀，相當擔心，便前往門庭察看那道火光。走到火堆旁，附近擺置了堆積如山的紙張與書籍，陳淡這才發現兄長陳寧竟然把過去的著作，丟進了火坑中燃燒。

「大哥，你這是在幹嘛——」陳淡相當驚慌失措，趕緊從火堆中抽回一些尚未燃燒殆盡的一疊疊紙張與書本。

「淡弟！不許亂動！」陳寧發現陳淡正在搶救他的那些著作，顯得相當憤怒。

「可是為什麼——」鑒於兄長的威嚴，陳淡停下了手邊的動作。

陳淡雖然這些年來只能跟著父親一同耕田，但體弱多病的他，真正能下田的日子也不是很多，大部分時間還是閒居家中養病。這段時間，兄長一有空，便會教他讀書寫字，長年累積下來，也有一定的程度。

陳寧從來不教陳淡八股文，因為他自己也很了解這種既定格式和代聖人立言，很容易讓人思想束縛，但為了考試，迫於無奈，也只能不斷鑽研。然而陳淡因為沒有科考目標的包袱，陳寧反而教導其他更為自由的古文體，陳淡也一直有著不錯的學習成果。陳寧更時常讚揚陳淡天資聰穎，要是能接受良好的教育，說不定比自己文采造詣都還要高。也因此陳淡看得懂兄長的那些著作，甚至是相當喜歡這些作品，總希望自己有一天也能像兄長一樣，寫出那些優美暢達的文章。其中幾本著作，陳淡更是愛不釋手，時常一有空閒，就會拿來閱讀。

「淡弟——你大哥不材——」陳寧神情哀傷地說出了這幾個字。

「大哥——」陳淡看了兄長一眼，又轉身從火堆中抽了幾本著作回來。

陳寧也知道陳淡很喜歡自己的那些著作，但他已經下了決心，便不願再輕易反悔。陳寧緩緩走向陳淡，將他之前辛苦搶救回來的那些書籍和紙張，又再丟進火坑。不僅如此，陳寧還把原本擱置一旁的著作，也全部推進火堆中。

「大哥，為什麼？下次一定會中舉的！」陳淡眼看那些著作就要燃燒殆盡，內心相當難過。

「淡弟，隨我進大廳來。」陳寧面色凝重地說著。

兄長一旦嚴肅下來，陳淡也不敢抵抗。在回廳的路程中，不時抬頭觀望兄長的陳淡，發現兄長的眼眶早已泛紅，只是在強忍淚水。想必做出這種焚毀自己所有心血傑作的舉動，內心必然也是相當煎熬、沉痛。

回到大廳的陳寧還是沉默不語，在祖先供桌前雙手合十，作了一個長拜，接著走向前去，將牌位從供桌中拿了出來，並將牌位拆開，從中取出了一張泛黃折疊的紙張。

陳淡相當不解兄長的一舉一動，不過他依稀記得在小時後也曾經看過父親從祖先牌位中拿出過一張紙，並對著兄長嚴厲斥責。即使知道裡面藏著秘密，陳淡還是不敢隨意亂動祖先牌位。

「淡弟，你自己看看吧！」陳寧將那張泛黃的紙張交給陳淡。

打開紙張後，陳淡發現上頭的油墨已經相當斑駁，但還是可以看出上頭的字體。那是一張非常老舊的榜單，寫著第一甲第一名「文天祥」，熟讀史書的陳淡當然知道這名歷史人物，是南宋後期的名相，以誓死不降元的節操留名青史。

「淡弟，你看看文天祥旁邊的第二人——」陳寧道。

一開始陳淡還沒有特別注意，但經過兄長的指示，他才發現在文天祥旁邊的第二人寫著「陳賞」。

「淡弟，『陳公賞』就是咱們先祖。先祖在宋朝時代，是僅次於名相文天祥的榜眼。咱們託先祖賞公之福，原來是個望族，祖籍本設在福州，後來歷經宋、元兩朝戰亂，家勢逐漸中落，並且南遷漳州。」

陳淡睜大雙眼，相當震驚，因為他從來不知道自己的家族曾經那麼繁榮過，更何況先祖還是僅次於名相文天祥的科考榜眼。從一出生到懂事以來，就一直跟著父親下田，和兄嫂一同分擔家務，過著貧乏的佃農生活，從沒想過自己會和望族沾上邊。

看到陳淡無法置信，陳寧繼續說道：「家道中落後，世世代代為了重振家業，漸漸成了『耕讀世家』。只是歷代的科考之路一直不是那麼順利，後代子弟別說是舉人，就連秀才都沒出過幾個，更別說是會士和進士了！而傳至咱們這代，更因為生活貧乏，人丁單薄，先父為了延續先祖的遺志，竟為了我這不肖子而離去！」

說到此處，陳寧情緒變得相當激動。緩和情緒後，陳寧將那張傳家榜單，小心翼翼收回祖先牌位，並將祖先牌位謹慎地放回供桌，並燃起了幾柱香，捉了一把交給陳淡，並為自己也留了幾把。

「淡弟，接下來的祭祖，不許插嘴，我教你做什麼，就做什麼——」陳寧板臉說道，緊接著跪在供桌前，高舉右手。

看著兄長嚴肅的神情，陳淡不敢多說什麼，也只能照作不誤。

「不肖子弟陳寧子靜，辜負先祖遺願，非但未能考取進士侍奉朝廷，竟連舉人亦沾不上邊，有負先父期盼，實則駑鈍至極。」陳寧一本正經地對著祖先靈堂發誓。「胞弟陳淡子泊，自幼聰穎，通曉經史，自是仕宦良材，而今而後，我陳寧子靜必將傾全力支拄胞弟仕宦之途，直至高中進士，輔佐大明，光宗耀祖為止！若違誓言，必遭先祖降災！」

聽到這裡，陳淡已經無法思考，事情為何會到這種地步。從小只要看著兄長的背影，就會覺得相當安心、可靠。即使這麼多年來，科考之路一直不是非常順遂，心中也還是深信兄長會有飛黃騰達的一天。父親過世後，陳淡一直以為自己和兄嫂必須繼續全力支拄兄長的仕宦之途，從沒想過自己也會走上這條路。

以往的下田生活，雖然非常辛苦，但只要在閒暇時能夠讀讀詩詞，看看經史，寫寫文章，這種生活陳淡還是覺得相當愜意。常常看到兄長為了科考之路愁眉苦臉，即使陳淡也不清楚兄長為什麼一心一意想要做官，或是這些考試究竟考些什麼，但就他長年觀察下來，這條路並不怎麼令人快樂。

而今了解所有來龍去脈後，和兄長突然強加在他身上的復興重擔，即使什麼狀況都還不是非常清楚，氣氛卻已經讓他沉重地喘不過氣。想要推拖，兄長都已經下了毒誓，更是不可能的事。

原本滿心期待有一天能夠親眼看見兄長順利考取進士，而今卻演變成這種局面，讓不知所措的陳淡不禁默默地流下了淚水。

即使如此，陳淡還是只能跟著兄長拿香膜拜祖先，心中千百個不願意，也無法改變眼前落在他身上的大業。

「淡弟，不要擔心，我一定會全力支拄你的仕宦之途！」插完香爐後，陳寧語重心長地說著。

陳寧走向門庭那團火光，如今只剩下微微的星火，但先前的那些書籍和紙張，已經全部化為灰燼。陳寧拿起一旁的枯枝，彎身撥弄這些灰燼，許多碎屑受到撥擾隨風飄向空中。陳寧見狀後不禁長嘆了一口氣，畢竟這些黑灰都是多年來的心血，一下就這樣輕易地隨風而逝。

走向屋牆的角落，陳寧拿起閒置已久的鋤頭，仰望天空，東方已經出現一道白光，宣示著一日的農耕生活正要開始。回頭觀望仍舊跪坐在供桌前的胞弟陳淡，陳寧又再度回身看向眼前的那堆灰燼，他心裡非常明白，這些白紙黑字對他而言已經不具任何意義。

卷三

時間：明思宗崇禎七年
地點：北京貢院

經過一夜不安穩的短暫歇息，為了提早進入北京貢院接受入場點名，陳淡還是起了個大早。昨夜還夢見了在家鄉發生過的往事，儘管只是場夢，還是讓陳淡心情為之相當沉重。

十歲時兄長親手焚毀所有著作的那一幕，如今還是深深烙印在陳淡的記憶中。要像兄長那般累積出這麼多心血傑作，直到陳淡自己正式投入追求仕宦之途，更能深刻體會需要下過多少工夫，更不用說是親自毀掉這些作品的椎心之痛。

除此之外，陳淡也相當感嘆兄長生不逢時，自己能夠那麼順利童試、鄉試連連上榜，也許除了自己的努力以外，還要加上近年來地方科考制度愈形鬆散。當年連童試都過不了的石貫，卻在黃民安中舉後，不知為何實力大增，沒幾年也連過兩試，直取舉人。而投靠黃民安的劉正佐，也在那之後如願考上舉人，現在則在地方上做著小吏。還有許多圍繞在黃民安身邊的人，各個考途順遂，不禁讓人懷疑黃民安在地方上的影響力，已經到了如日中天的地步。一些鄉試考官更是和黃民安私交甚篤，再加上他家財萬貫，儼然已經成為福建的地方大勢力。

兄長自從投入佃耕以後，再也沒有提過黃民安三字，原本一直和陳寧私交甚篤的劉正佐和一些友人，一開始還會偶爾前來關切，久而久之，卻再也沒有出現在家中過。得知石貫和劉正佐順利中舉的消息，陳寧也只是點點頭，沒有多作評論，但陳淡還是可以深深感受到兄長的失落。每當黃民安派人以地主身分前來收取佃租，陳寧也只是唯唯諾諾不敢多說什麼，讓一旁的陳淡看得更是難過不已，心想總有一天一定要替兄長出一口氣，考取進士光宗耀祖。

雖然陳淡不像兄長一般，與黃民安正面起過衝突，但除了陳淡本身對黃民安沒有好感外，更是看到以前兄長身邊那些見利忘義的友人，讓他更對脆弱的友情不具信任，也造就了他孤僻的個性。黃民安本身還算欣賞陳淡的才華，好幾次邀約陳淡加入他的勢力，往後一定會照應他的官途，但還是遭到陳淡的婉拒，最後憑著自己的實力，考上了舉人，在福建成為少數不屬於黃民安勢力的舉人。

換上鋤頭後，陳寧與兄嫂林氏開始過著日出而作，日落而息的農耕生活，雖然辛苦，但陳淡卻覺得兄長不問世事後，變得快樂許多。也許陳寧作夢也沒想過，竟然會成為自己先前最瞧不起的人的府下佃農，即便如此，陳寧卻也沒有再多說什麼，只是全力支拄陳淡的生活，完全沒有怨言。

關於科考，兄長唯一對陳淡說過的話只有：「我已經不再追求仕宦之途，莫怪兄長將責任推託於你，是你真的比我更具天賦。然而這是一條艱辛困苦的路，但我要你記住：出名前，什麼都是屁；出名後，所有屁都是香的！天下事不管好與壞、強與弱，都是如此！」

雖然兄長並沒有明指是在說誰，還是讓陳淡不禁聯想到了黃民安。陳淡也讀過黃民安非八股文的文章，確實沒有兄長的作品來得高超，甚至還差了一大截，但黃民安還是比兄長先上了舉人，這就是科舉考試令人納悶之處。在陳淡秀才求學時代，業師更是不時讚美黃民安的才華，但這名業師和兄長當年是同一人，也許後來算是突然認知了黃民安的造詣，才會改口不再公開稱頌兄長。「十年寒窗無人問，一舉成名天下知。」確實，人成名以後，什麼以往的不是，都會變成是，這真的就是現實中的寫照，或許這也是科舉考試最吸引人的地方。

一大清早，陳淡收拾簡便行李，匆匆離開了客棧。和鄉試一般，會試的考前檢驗在以往也是出了名的煩瑣，諸如硯台、木炭還有糕點的大小厚度，水壺、燭台、毛筆等用具，都有明定限制。而這些東西全都要裝在制式的提籃中，以方便兵衛搜查，稱為「考籃」。除此之外，不同於鄉試的「秋闈」，這次二月中旬的會試，氣溫本來就比較低，再加上北方的嚴寒，儘管會試並沒有規定要自行攜帶棉被，畏寒的南方書生，還是在應試行囊中多帶了件棉襖，以防萬一。

比起地方鄉試，中央的會試算是對考生禮遇許多。鄉試由於應試人數過多，所有吃、喝都要自行料理，不但要自行攜帶寢具，還要自己煮食。有些地方雖然會提供食材，但要完成一餐還是得自行開火。相較之下，經由一級考試通關後，會試至少還會有公家發放的現成糧食，比起悶熱難耐，還要自行處理一切的鄉試，感覺上得到了比較大的尊重。

冷風拂面，讓陳淡不自覺打了陣哆嗦。昨晚的風雪雖已歇止，但整座京城還是壟罩在一片皚皚白雪中。一路上，許多和陳淡一樣的應試考生，帶著簡便的「考籃」，個個面無表情，完全聽不到任何嘈雜的交談。即便是同鄉伴行，也只是各走各程，形同陌路。昨晚清風客棧內喧嘩熱鬧的場景，彷彿只不過是一場短暫的幻夢。

走沒幾里路，就到了北京貢院，終於可以聽見一些稀稀疏疏的低沉話語。雖然只有短短的幾里路，但陳淡卻見識到了各式各樣的考生，年齡分布更是令人嘖嘖稱奇，有像陳淡一般的年輕人，還有昨晚施翰堂那樣年紀的老者，愈看愈多，也就見怪不怪。最令陳淡驚訝的，是幾名年過耳順、滿頭蒼髮，拄著拐杖進場的老年人。相形之下，施翰堂也不過是中年考生。想到這裡，陳淡嘆了口氣，眼前的這些老、中、青考生，似乎就是絕大多數考生未來命運的最佳寫照。

貢院佔地十分遼闊，高聳莊嚴的巨牆，圍繞整座一望無際的試場，即便透過敞開的大門，只能瞥見貢院內的一隅，更多的貢院士兵林立在內，進場的考生宛如押解自各地的重刑囚犯，將被一一禁錮其中，想到這裡更讓人喘不過氣。入口處站滿了一排排的貢院士兵，手持火炬，照亮半個貢院廣場，隨風搖盪的光影，更讓一個個等候入場檢驗的考生神色凝重。

氣氛確實和地方考試大相逕庭，就連陳淡初次應試也深深感染了肅穆的氛圍。入口兵衛熟練地檢視每一位入場考生的身份文件，並仔細比對資料。

「你這是幹什麼！」

在一片寂靜，一名貢院兵衛怒斥著，讓所有在貢院外等候的考生，全都投以疑惑的眼神。

「老夫當是要參加京師會試！」一名白髮蒼蒼的老者，手持考籃，想要強行進入試場。

「大爺，饒了我吧，你資格根本不符啊！」士兵一把抓住準備闖入的老者。

「你懂什麼！老子可是文曲星下凡，敢對我無禮！」老者不停抓著自己的白髮狂嘯，雜髮亂披，相當狼狽。

「你不過是個秀才，憑什麼來考會試，報名單上怎麼可能有你，你是不是想當官想瘋了！」

士兵雙手緊緊抓住老者，但老者蠻力驚人，幾名士兵見狀後前來支援。

「唉，又是這個瘋子，三年前也來鬧場過，聽說更早之前也是，都被關了幾年，還是對當官執迷不悟。」一名較為年長的士兵搖頭道。

沒多久，這名鬧場的老者，就被士兵們拖走。其間這名老者不斷咆哮抵抗，而這些士兵對他又打又踹，其中幾人更是玩出樂子，不斷來回拉扯老者上衣，並大聲揶揄：「你真是想當官想瘋了！考、考、考、考，都這把年紀，也不過是個老秀才，成天不事生產，你還真是個無用的人！考傻了吧你，還文曲星下凡！想當瘋子，我看你資格都還不夠，只能當個傻子罷了！」

經由這群人的玩弄，本來就已經精神不穩的老者，更是嚎啕大哭。站在貢院前的守衛士兵，見到這種情景，不經意笑了出來。

或許這就是一般人對於追逐官場士人最貼切的心聲，然而在場的每一名考生，卻沒有一個笑得出來，甚至是臉色鐵青，靜靜看著這一幕幕的場景。這種鬧場事件，陳淡在鄉試就曾經聽過，但卻沒有親眼看過。看到這名老者的慘狀，陳淡除了投以同情的目光外，實在也不好多說些什麼，誰都不敢保證，自己哪一天也都有可能淪落到這個地步。

緩緩前進的排隊隊伍，終於加速腳步，陳淡手中緊握的身分證明文件，就快要被微濕的右手捏破。

「哪裡人？」

終於輪到陳淡，貢院士兵長劈頭就問。

「福建漳州舉人，陳淡子泊。」陳淡將緊握在手的證明文件，小心翼翼呈上。

士兵長瞪了陳淡一眼，接著上下打量，隨後斥道：「我只問你哪裡人，誰不知道你是舉人！」

看到士兵長的怒顏，陳淡也不敢多作解釋。這中央的官兵，就算職位再小，畢竟也是朝廷中人，傳聞背後自有靠山，才能在政治中心打轉，可不是一般人惹得起的角色。更有傳聞指出，這些貢院士兵，一部分是從宮廷禁衛軍借調而來，有的不但親眼見過皇上，甚至還服侍過，勢力自然是大到連一些朝廷官員都不敢任意招惹。

「福建漳州陳淡——」士兵長相當不悅轉身對著身後一排士兵說著。

士兵們聽令後，隨即翻起堆積如山的考生資料。

「啊，有了，福建漳州陳淡。」一名士兵從資料堆中，找出了福建的名冊，並迅速翻到了記載陳淡資料的那頁。「身中，面白，鬚無！」

「喔——」士兵長再次仔細打量陳淡，並來回在陳淡臉上觀望。

陳淡無法明白，這種驗明正身程序的標準究竟何在，當初報名資料也不過是地方配了官員前來登記，單單憑著「身中、面白、鬚無」，要怎麼評斷一個人的長相？光是像陳淡這樣中等身材白臉又沒有畜鬍的年輕男子，後頭就有好幾個，更令人匪夷所思的，是前面幾個人的驗身過程，一下就草草結束，為何輪到陳淡時又變得如此嚴格。

士兵長雖然臉上寫滿不悅，但俯身檢視考籃的動作，也算是間接承認陳淡過了「驗明正身」這關，剩下的只有隨身攜帶物的部分。即使像陳淡這般沒有作弊的人，在士兵長的怒目之下，檢驗過程還是緊張不已，更何況那些想找槍手代考的犯罪者。

「嘖，這是什麼！」士兵長眉頭深鎖，從陳淡考籃中拿出了糕餅。

「回報大人，是糕餅——」陳淡俯首小聲說著。

「哼，我問你這糕餅名稱是什麼來著？」士兵長拿起糕餅來回晃著。

「回報大人，是『狀元糕』——」明知道是被玩弄，陳淡還是只能忍氣吞聲。

「哼——狀元是嘛，這位小兄弟還挺風光的嘛！」士兵長朝著後方士兵不屑地說著，眾人聽了以後齊聲發笑。「好吧，放行。」

這漫長的驗明正身總算結束，陳淡拾起考籃以及經過檢驗無誤的布包，抬頭望著大門正上方氣勢懾人的貢院匾，準備跨出第一步。

「慢著，你身後背的這是什麼？」士兵長一把拉住陳淡，動作相當粗暴。

「官爺，這剛才不是通過檢驗了，是禦寒棉襖。」

陳淡顯得相當無奈，這棉襖不但剛剛就已經搜查過，確實沒有夾帶任何書籍，雖然考試沒有明定可以攜帶棉襖，卻也沒有下令禁止，一直處在相當模糊的地帶，況且前頭也有不少攜帶棉襖的考生已經獲得放行，陳淡無法理解為何這名士兵長總是這樣對他百般刁難。

「我說不許，就是不許！」士兵長抓起布包，重重摔在地上。

「這——」陳淡瞪大雙眼，卻也不敢多言。

「小兄弟——」一名年輕士兵把陳淡抓到一旁。「你是真不懂，還是假不懂啊？咱們弟兄的下酒菜，要靠你們這些未來官爺們的賞識。」

陳淡朝著士兵眼神暗示的方向瞄去，每一個應試考生在交上證明文件時，都會在裡頭夾藏一袋鼓起的布狀物。

「這是規矩啊，小兄弟。」士兵笑眼瞇瞇地說著。「你又來自南方福建，想必咱們北方氣候這麼嚴寒，一定很不適應。不是咱們林鉉林大人不通人情，只是這棉襖雖然不能說上違禁，但也可不能這樣隨隨便便入場，林大人總也是要擔些風險，這算來也很合理啊！況且你們以後要當官的，就當作是賞給咱們這些小苦差一點功德也好。好歹咱們也是大半夜就要爬起來，寒天中在這兒守候各位大爺的大駕光臨！」

經由一長串的解說，陳淡這下終於明白為什麼自己會在這裡處處受到刁難。看看其他幾排通關口，幾名老氣橫秋的考生，不但在驗身時和士兵長有說有笑，甚至有些還像他鄉遇故知般歡愉。還有一些證明文件明顯較鼓者，別說是驗身，根本就像遇到熟人，除了例行檢驗有無夾帶舞弊書籍外，幾乎是打聲招呼就完成檢驗。但還是有一些和陳淡一樣的初次應試者，在關卡處停留許久，隨身物更是被翻得凌亂不已。

「這——」陳淡雖然心有不甘，還是拿出了幾兩銀子塞進士兵手裡。「請代我向林大人賠不是。」

士兵難掩欣喜之情，回頭拿起了先前摔在地上的棉襖布包交給陳淡，而士兵長林鉉只是冷冷看著這一切的舉動，微微點頭表示滿意。

經過一番波折，陳淡總算正式踏入了貢院。

穿過了儀門、龍門後，眼前的明遠樓不再受到遮蔽，矗立在中央大道上。遠而觀之，這棟專供巡查人員眺望之用的建築物，散發著相當威嚴的肅殺之氣。考試尚未進行的清晨，明遠樓上已經站了數名士兵靜靜地監視所有考生的一舉一動。

在考場士兵的引領下，陳淡經過了數條考巷，整個北京貢院在明遠樓所在的中央大道上，分為東西兩側，東為「東闈場」，西為「西闈場」，而東、西闈場再各自由數排密密麻麻的「考巷」組合而成。這些「考巷」由一間間緊鄰的號舍相連成線，每排號舍用「千字文」的千字序做為編列，上百間為一列，整間貢院共計號舍上萬餘間。而這一間間號舍便是考生日間考試，夜間住宿之所，每人居住一間，高六尺，寬三尺，深四尺，也就是未來這幾日所有考生的棲息之地。

「西闈場『直』巷考生浙江嘉興洪鈺、陝西同官戴睢——」

陳淡豎起雙耳仔細聆聽，雖然聽到了那個前晚個性孤傲的浙江舉人的名字，卻還是沒有自己名字的下落。

「孟軻敦厚，史魚秉直。」陳淡想起了千字文的那一段文字。而那「秉」、「直」兩巷就是眼前這道「考巷」的千字序編號。已經過了將近半刻，依舊還是在一排排的考巷門前不斷徘徊，究竟什麼時候才會輪到自己，陳淡也顯得相當無奈。

「西闈場『秉』巷考生四川成都秦得生、福建漳州陳淡——」

這回總算輪到了陳淡，聽聞考場士兵的唱名後，陳淡趕緊向前一步，低頭跟在前一名考生秦得生的身後，排入「秉」巷的進場隊伍，準備入列接受最後檢驗。

「西闈場『直』巷考生北直隸大興施翰堂——」

陳淡聽到了熟悉的名字，不出所料，後方出現了那個熟悉的老身影蠢蠢欲動。老者施翰堂顯得相當急躁，撥開前方的其他考生，急忙向前移動。由於唱名的「直」巷隊伍不同於陳淡這列，位於另一側，施翰堂為了走小道，想要強行穿越眼前的「秉」巷隊伍，冷峻地瞄了陳淡一眼，卻又好似見到陌生人般，還是順勢推了陳淡一把，為自己繼續開路。

沒多久，施翰堂順利抵達隊伍，不過他剛才莽撞的舉動，卻得罪了不少其他考生。儘管不知本人是否察覺，但許多先前受到波及的考生，個個不悅地盯著施翰堂，表達強烈的不滿。

「喔──這不是淡弟嗎？」

聽到附近同排考生壓低的嗓音，看著冒失舉動甚為入神的陳淡，這才回神過來。

「喔──是謝兄。」陳淡回頭一看，發現前晚曾到過他客房，遊說加入東林黨的國子監生謝庭，正好就排在陳淡前方附近。

「真是巧啊！淡弟，前晚之事且暫擱置，待淡弟黃榜有名，一定要履行咱倆之間的約定。」謝庭離開隊伍，熱情迎向前來，但依舊小聲說道。

陳淡雙眼微睜，怎麼樣也想不起前晚做過什麼承諾，為何謝庭現在會這麼說著。

「那邊！有啥問題？在竊竊私語什麼！」一名士兵見到陳淡與謝庭兩人脫離隊伍貌似交談，大聲怒道。「嘖，這邊又在幹嘛！放聲咳嗽是想暗示什麼！」

雖然因為另一行隊伍發出更大聲響暫時救了陳淡他們，但兩人見狀況不妙，趕緊各自回復原有的隊型，陳淡更是緊張不已，深怕一個不慎，又要被這群跋扈的貢院士兵惡整一番。

直視前方，陳淡不敢再左顧右盼，映入眼簾，卻只是前一名考生的臂膀，將前方謝庭的身影完全擋住。藉由剛才的唱名，可以得知這名來自四川的舉人名為秦得生，再猛然一瞧，才發現他身長格外驚人，體型更是結實，一點也沒有讀書人的文弱氣息。

藉由餘光，陳淡發現位於另一排隊伍的洪鈺，或許礙於剛才貢院士兵的斥責，強忍風寒所帶來的痛楚，不敢放聲咳嗽，讓這名浙江之光，面部顯得相當扭曲。

「好啦，各位高官們，這道『秉』、『直』兩巷考場入場檢驗已清點完畢，待會各位高官按照隊伍排序依次進入所屬的『號舍』待考即可。」貢院士兵說到「高官」兩字時的神情總是特別帶有戲謔的意味，讓在場的考生看得很不是滋味。表面上這些士兵們對於考生看似尊重，實際上的種種作為，卻又如同官對民般的輕蔑，這種情形雖然在地方鄉試就有感受，不過這次中央朝廷的會試，這種氛圍打從一開始貢院外的「驗明正身」就特別濃烈。

但人在屋簷下，不得不低頭。這些掌管試場的官兵們，論階級，雖然沒有多高，甚至來自各地的舉人，要在地方上謀得小吏，地位可能都比這些小兵來得高階，但這幾天關在試場的所有考生，無論出身背景，都得聽令行事，誰也別想耍什麼花招。美其名是貢院士兵們的大公無私，但卻也不得不承認，每三年才舉辦一次的會試，是這些士兵們大顯官威的特別時刻。考生們為此無不戒慎恐懼，不然要是隨便被個小兵栽贓，別說是這三年的努力一夕全告白費，更可能吃上牢獄之災，官路就此了結。這也是為何儘管每個考場都有未來狀元郎出現的可能，但官兵們如同對待囚犯般的囂張氣燄，考生們也只能摸摸鼻子自認倒楣。就連平日自恃甚高的浙江舉人洪鈺，也只能忍氣吞聲接受施令。

西闈場的考巷設置，「秉」、「直」兩列號舍兩兩相對，也就是洪鈺與施翰堂等人所在的「直」巷號舍，就位於陳淡的「秉」巷正對面，而和「秉」巷號舍背對背緊鄰的考巷，則是位於另一端的「魚」巷。

「秉」、「直」兩巷中隔一段寬約數十尺的大道，即使考生號舍兩兩正面相對，但想要從「秉」巷瞥見對面「直」巷的試卷內容，幾乎是不可能的事。更何況考試期間嚴令不得離開號舍，即使想要拉撒，也得自行在號舍內解決。

後頭壓陣的士兵，直到所有「秉直」考巷上百名考生都進入考巷內的大道後，正式將巷口的柵門重重關上，並加了層層枷鎖，宣示考試即將來臨，而巷口柵門更是不到這三日第一階段考試的結束，絕不會輕易開鎖。

提著行囊站在號舍前，陳淡不覺打了陣哆嗦。雖然並沒有下雪，但這北方的嚴寒氣候，還是著實峻人。隔著大道，在昏暗的天色下，前方考生的面容變得無法輕易辨識，但從那熟悉的老者體態，不難判斷位於陳淡正對面的考生，就是那名莽撞的施翰堂。

「所有考生聽令！入舍！」經過漫長的等待，士兵總算齊聲高喊道。

依照貢院士兵的施令，陳淡進入自己所屬的號舍後，總算可以安歇下來，暫時鬆了一口氣。號舍又名考棚，擺設相當簡陋，僅是三面牆壁所圍成的幾見方之地，不同於東闈場的磚造號舍，在西闈場這邊全是木造建築，就連成列方式也大相逕庭。東闈場所有考巷號舍開口全部面向南方，不同於西闈場兩列開口相對的陳設空間，東闈場顯得相當狹隘擁擠。反之，西闈場由於兩排考巷兩兩相對，因而中隔考巷路道，儘管號舍同樣狹窄，卻因為擁有較大的視野空間，反顯得不會那麼擁擠。至於東、西兩闈場為何會有如此天壤地別的差異，陳淡也不得而知了。

在狹小的號舍內，除了原有的低懸空式座椅木板，就占了將近二分之一的號舍見方，更還有一塊同樣大小的活動木板，平日考試期間，考生坐在座椅之時，利用牆邊設計的卡榫可將這塊活動木板擺置於胸腹高度，成為書寫之用的桌子，到了夜晚休息時，則將活動木板置於與座椅同高的卡榫裝置，拼成床墊以供睡眠之用。這樣的裝置，在同樣也是連考九日的鄉試中，已經見過，並沒有非常大的差別。

進入號舍後，陳淡熟練地將行囊塞進懸空座椅下的擺設空間，就座後順手將擱置一旁的活動書桌架設完成，並將文房四寶擺置其上，靜待試題的來臨。

從貢院大門外到「秉直」考巷，也才不過一段不算遙遠的距離，卻還是耗上了許多時刻，讓陳淡有種已經過了很久的錯覺。從號舍內方形的視野往外張望，天空只剩下破碎的一隅，但仍舊還是一片灰暗，更不用說眼前逐漸聚起的陣陣霧氣，讓號舍之外的景色都蒙上一層薄網。

在即將開考的前夕，陳淡腦中竟然浮現了接續兄長仕宦之途後的點點滴滴，即使想要不掛意，但漫長的枯等，還是讓他陷入了長憶之中。

「砰！」

靜謐的清晨中，位於貢院中央大道上的明遠樓，發出了嘹亮的炮響，這便是考試正式開始的宣告。

儘管如此，在號舍內枯等的陳淡，卻還是遲遲等不到試卷的到來。

不過說著急，卻也又不是那麼著急。因為這第一場的考試，必須連考三天，試題就那麼多，動作快的話，幾小時內就能盡數完成，根本不需要三天的時間。

「發啥呆啊！考試啦！」

一名士兵不知何時出現在號舍前，從手上一疊紙中抽出試卷，毫不客氣地扔在陳淡桌上。

士兵們的無禮舉動，早就讓陳淡習以為常，更沒有什麼特別的反應，只是不疾不徐攤開試題。

「四書義：其行己也恭，其事上也敬，其養民也惠，其使民也義。

救民於水火之中，取其殘而已矣。

國有道，其言足以興。」

陳淡迅速瞄了這數道試題一眼，儘管這幾段文字早就在四書內見過不下千次，腦中卻還是突然一片空白。

「臣對、臣聞帝王之弘先緒而隆大業也，必其……」

戰戰兢兢下，陳淡顫抖的右手還是提起毛筆，寫下了八股文制式的開頭。或許是受到了兄長的影響，陳淡自己也對八股文沒有好感，但為了振興家業，謀求功名利祿，陳淡也別無選擇，還是不斷地鑽研八股文要義。

決定三年間成敗、甚至是許多考生一世盛衰的關鍵，就是那麼短短幾句話，卻又要所有人為了這些文字連考三天三夜才能交卷，而且一考還是三場。

會試與鄉試相同，同樣分為三場，每場皆為三日，總計共需在狹小的號舍內度過漫長的九日，這也是「三場辛苦磨成鬼」說法的由來。第一場試「四書」義三道，「五經」義四道；第二場試論一首，判五條，詔、誥、表內科一道；最後一場試經史策五道。而取士評斷主要以「四書」為主，意即會試雖有三場，卻以第一場的「四書」最為重要，也就是現在所進行的試題。

起講先提三句，接著對於「其行己也恭」這段用四組排比對偶，稱為四股，中接過渡兩句，再講後段其後四股，每股中須一正一反、一虛一實兩對，而兩對又必須各是一淺一深，其成四對，前四股、後四股合起來就是八對，臨末復收兩句然後大結。

試卷發下來還沒有多久，陳淡已經針對這一場共七篇八股文做了沙盤推演。要完成七篇八股文，以陳淡熟練的技巧來說，不出兩個時辰，就能完成不錯的七篇論述。不過這關係三年心血的國家考試，卻也沒有人敢如此草率。儘管也有一些考生，在試題發下來的那一刻，就開始振筆疾書，沒多久便完成所有答案，但事後的修改工作，卻還是花足了三天三夜，甚至直到交卷的前一刻，還是大感不滿，因而大為翻修。

八股文格式嚴格，限制也多，篇篇都必須將自己化身賢者，代聖人立言。但儘管如此，在平穩之中，卻又要絞盡腦汁呈現出令考官印象深刻的論述，這也是為何讓上萬名菁英，如此苦惱三天三夜甚至是無數個「三年」的原因。既不能標新立異脫離制義該有的規矩，又要在單調中力求新意，著實讓許多考生進退兩難。也因為這樣的緣故，即使許多在地方上已經素負盛名的文士，也未必能順利通過科舉考試。

而考官的評斷標準更是玄之又玄，本來文學這種東西，就是仁者見仁，智者見智，硬是要分出高下，很難不失客觀標準，更何況八股取士又讓這些文章幾近千篇一律，再加上近幾年的評選制度已經流於型式，雖然具有「彌封」、「謄錄」等防弊措施，卻也抵擋不住有心人士的操弄。

地方上甚至是中央考試內定的流言更是喧騰，謠傳許多素質低落的考官，評選標準不以試卷為主，反以考生在地方上勢力大小或和他們往後利害關係作為考量，所以沒有背景的考生，本來要在萬人試卷中脫穎而出，就已經相當不易，再加上內定人選的卡位，能夠靠著清白家世與自身實力上榜者，確實會是舉世之中的鳳毛麟角，但前提是又要有公正的評選才能經由科舉受到拔擢。然而這幾年的惡性循環，負責科考的新進試官，只有愈來愈多當初受惠而與地方繼續勾結，培養自身勢力的新官，卻愈來愈少出現毫無背景的有為者。即使偶然出現，也很難進入權力核心。

本來還在擬定草稿大綱的陳淡，竟然在試場中想得出神。儘管這些說法，地方上人人知道，卻也沒有人敢說出真話，更何況是將實話寫進試卷中。大家為了榜上有名，無不用盡各種方式，雖然陳淡家世平白，除了正常的科舉之路外，也沒有其他更為有力的門路可尋。即便如此，若有朝一日能夠尋獲捷徑甚至攀上官路，陳淡自己或許也不會把持形上道德，還是會藉此通過考試，甚至是後面更高的科考。畢竟他自己也非常清楚，這樣的機會真的是可遇不可求，就算自己能夠將八股文精練到舉世聞名的地步，也不能保證通過會試。

這不是道德不道德的問題，也不是操守不操守的矜持。陳淡很明白從小就背負著所有家人的期盼，不管是在家鄉辛勤耕耘的兄長，還有一直負責打理家務的兄嫂，甚至是天上的亡父和列祖列宗，只要沒有一人能夠突破「耕讀世家」的僵局，這個沉重的包袱只會永遠繼續纏繞家族不得翻身，子傳子，孫傳孫，世世代代直到科舉制度滅亡為止。不是陳淡不尋門路，而是直到現在都還沒有遇過，才讓他只能自憑實力一路攀升。或許哪天為了通過最接近仕宦之門的那一刻，他也會轉而尋求幾近內定上榜又頗具名氣的黃民安，這也並非不可能的事。

為了擺脫這種命運，陳淡多年來夙夜憂勤，努力不懈，在試場中更是戰戰兢兢，或許因為第一場考試長達三日，漫長的時間讓他稍微鬆懈，想了一些往事，又讓許多思緒湧上心頭，但他還是盡快拉回現實，詳擬眼前的七篇草稿，並開始振筆疾書。不知不覺中，天色微亮，但霧氣還是沒有散去，而號舍前的大道，卻出現了點點積雪，陳淡這才發現，天空又開始飄起細雪。

面對眼前逐漸因風雪而模糊的考場視野，再想想往後茫茫的官途，陳淡不禁停下手中的毛筆，深深嘆了一口氣，並無意識地拿起一旁的墨條，重複磨著硯台。磨著磨著，陳淡又歎了口氣，也不知道這段漫長的路，還需要再磨多久才能結束。

卷四

時間：明思宗崇禎七年
會試第一場　第一夜

地點：北京貢院

「快！快！快！結束啦，還在那死撐什麼鬼？」士兵不耐的催促聲，就近在耳邊，卻不見人影。

經過一整天的考試，陳淡已經正式完成三篇論述，就往後時間上的安排來說，還算充裕。每一日的考試，在天色暗了以後，貢院士兵會給燭三根，待這三根蠟燭燃燒殆盡，便宣告當天考試時間的結束，所有考生必須停止一切的作答動作。即使有什麼人想要背地裡繼續撰寫，號舍內昏暗的視野，在沒有燭光的照耀下，也很難摸黑進行。然而每個人的作答速度不一，再加上蠟燭的燃燒也因物而異，各種狀況都有可能發生。

陳淡在鄉試時就遇過怪異的情景，那時考場提供的食物以生食為主，在當日考試結束後，還要利用簡便的炊具自行煮食。首次參加省級大型考試的陳淡，因為時間沒有掌握好，在傍晚燃燭時刻，眼睜睜看著三根蠟燭依序逐漸消耗殆盡，愈看愈是心急，又聽聞隔壁號舍傳來悠哉的烹煮聲以及陣陣飄香，讓他更是心煩不已。好在藉由上一次的教訓，這次會試七道試題的安排，不再那麼集中於前面幾篇，況且這次考場提供熟食與乾糧，也就不會再出現那種尚在應試，卻能聽聞隔行烹煮聲的窘境。

「嘖，你是要堅持到什麼時候？讓蠟燭全部燒盡，正好燒掉這整間貢院嗎？」看來隔壁間那大塊頭的四川舉人秦得生還在做最後的掙扎。

「燃燭未盡，你怎可擅自吹熄我的燭火！」

透過木造隔間，秦得生不滿的情緒，即使聲音變得有些模糊，卻還是傳了出來。

「哼，你老大還我老大，告訴你，這就是規矩！」

士兵大吼一聲回去，只見隔壁的秦得生不再傳出反抗的話語。陳淡很難想像，那個魁梧的秦得生，整個人蜷縮在狹窄號舍內的模樣。

不一會兒，士兵趾高氣昂出現在陳淡號舍前，但他也不過是冷淡瞄了一眼，又繼續往前面的號舍巡邏而去。

「砰！」

陳淡號舍邊的左牆突然出現重重的撞擊聲，讓他嚇了一跳。

「混帳東西！狗官！」

秦得生模糊的聲音，又再次傳了過來，但這次顯然刻意壓低。即使憤怒，但身在貢院中，卻也不得不對這些士兵們低頭。

陳淡拿起傍晚士兵分發的食糧吃了起來，在這北方的寒天中，他突然非常懷念家鄉的熱食。沒一會兒，這份量不多的乾糧就盡數入腹，卻還是很難滿足那寒天中的餓意。

依照規定，在傍晚三燭燃盡後，不但要停止手邊的試題，更要將活動木板降下，安置到座椅的高度，拼成床的型式。剛才的士兵應當就是負責巡視這項任務，卻見到考生各個拖拖拉拉，想要早點休息，才會動用自己的官威，將秦得生的燭火熄滅。

費了一番工夫，陳淡將活動木板拆開，從座椅下的空間，拿出了公發棉被，並翻出了自己的行囊，將棉襖拿了出來。除此之外，還有特別帶來充飢用的糕餅。

夜晚的氣溫比白日還要低了許多，甚至可以深深感受到刺骨的寒風。將糕餅把玩了一陣後，陳淡還是決定收回行囊。即使現在還是飢腸轆轆，如果就這麼輕易將這些糕餅吃了，往後兩天要是更餓的話，又該如何是好？忍住飢餓，陳淡決定直接倒頭大睡，藉以遺忘那令人難耐的空腹感。

寒風陣陣吹拂，半開一面的號舍不時會有冷風灌入。即使緊抓公發棉被，卻還是很難抵擋那極為冰冷的寒風。披上棉襖，再加上棉被，雖然溫暖許多，但冷風卻還是會趁隙而入，這也使陳淡不自覺又將身體縮了起來。

早在鄉試關在號舍的那九天中，陳淡沒有一日得以安眠。一方面由於身處考試期間，自然精神較為緊繃；另一方面，由於號舍狹小，即使拼出床面，卻也只能蜷縮而睡，偶然入眠，還是很容易因為種種緣故再次甦醒。

當然這次氣候冷冽的春闈會試，更讓人難以入眠。考巷大道上，偶有士兵來回巡視，隱約之中又可以聽到遠方傳來的陣陣咳嗽聲此起彼落。看來很多人，尤其是南方考生，因為不適應北方的嚴寒氣候，已經染上風寒。

原本以為自己會難以入睡，只能閉目養神，但因為連日趕路進京，再加上第一日就起了大早前來接受點名，又折騰半天才正式進入號舍應試，讓陳淡還是身心俱疲，不知不覺中睡著了。

「鏗！鏗！鏗！」

寧靜的考場，竟然出現了不合時宜的銅鑼聲，半睡半醒的陳淡直覺是在作夢。

不一會兒，考巷大道竟被火炬照得通明，人數眾多的貢院士兵整齊劃一湧現其中。

「起床啦！起床啦！是要睡到什麼時候啊！太陽都快曬屁股啦！」士兵高亢的嗓音，對於帶有睡意的所有考生，聽來格外刺耳。

明明尚在深夜，一群群士兵卻各自朝向一間間號舍，將熟睡中的考生通通挖了起來。

「快出來排列！馮大人要來抽檢啦！」

同一名叫囂的士兵，又繼續用他那獨大的嗓門，不斷來回喊著。

又是一陣銅鑼聲，那急促而刺耳的噪音，讓陳淡已經了無睡意。事態詭異，令陳淡不敢再多加猶疑，一股腦兒翻開棉被並脫去身上的棉襖，迅速起身穿好鞋子，走向號舍前方的大道。

一踏出號舍，卻發現路上已經積了一層雪，也許這是在陳淡睡著的那段期間所下的雪。

大道上已經排列了無數名考生，個個面面相覷，不知道發生了什麼事。雖然許多人素未謀面，卻都做著同樣的事，便是對於寒冷的天氣，不停發出顫抖。

位於陳淡附近的國子監生謝庭，也在第一時間就到了考巷上集合，對於這突如其來的衝擊，所有錯愕的感受通通寫在那張驚魂未定的臉上。

「你們這是在搞什麼啊！」

陳淡與謝庭不約而同回頭一望，發現隔壁的那名四川舉人秦得生，竟然還縮在號舍內，並沒有依照指示前來大道上列隊集合。秦得生眉頭深鎖，緊抓棉被氣得發抖，對於士兵們這樣胡來的舉動，心生強烈不滿。

「混帳！你舉人就是天上曲星叫不動嗎！」兩、三名士兵看到秦得生依舊待在號舍，怒氣忡忡圍了過去。

「放手啊！這是幹嘛！」

一臉錯愕的秦得生，竟然被這兩名士兵直接粗暴地從號舍內連人帶被拖了出來。儘管這名四川舉人生來魁武，卻還是抵擋不過這兩名士兵的精實胳臂，赤著腳丫就被強行拖行數呎，在地上留下了深深的雪跡。

「喔，又是你嘛！」一名穿著顯然就異於他人的士兵，從另一端走了過來。「告訴你！別的考巷我管不著，但在我的考巷內，這就是規矩！」

「馮大人，這要怎麼處置？」抓住秦得生的士兵問著。

「哼，我等會兒再回頭處理。」這名士兵頭也不回，又繼續往前巡視。

陳淡這才想起，這個被人稱作「馮大人」的人，不就是前夜吹熄秦得生蠟燭的那名跋扈士兵。再加上考前在巷口接受最後檢驗時，雖然因為人數過多，並沒有親眼見過考巷巷長，卻還是有聽到「秉直」考巷的巷長叫作「馮敬」。看來剛剛那名囂張的士兵，就是負責這塊考區的巷長馮敬。

向一旁遠望而去，上百名考生已經整齊畫一各自排在秉、直兩考巷前。當然還是有一些像秦得生這樣抵抗的人，也都受到士兵們無情的拖行。

「各位官爺們，早啊！」滿臉鬍腮的馮敬，在凝重的氣氛中卻獨自張嘴大笑著。「不是我愛擾人清夢，而是該有的考場規矩，自然不能少啊。別看昨兒個進考場前，有著層層關卡，就能防範卑鄙之流夾帶小抄入試。這麼多年的考場，我可是見多了，什麼花招都有！不是故意刁難各位，這可是咱們必須遵從的聖上旨意。」

馮敬在大道上來回走動，不一會兒已經遠離陳淡那裡，讓後面的話語完全聽不清楚。不過從前文也可以判斷，這是針對考生的突襲檢查，雖然以往早有聽聞，會試會有很多這種類似的規矩，但卻沒想到來得如此倉促突兀。

遠在前方的馮敬，雖然已經聽不到他口中念念有詞的話語，但從動作卻可以看出他對其他貢院士兵下達了某種命令。

數十名士兵分別往所有考生的號舍前進，並開始輪流進入搜索。數百名考生的行囊又再次被士兵們粗暴地翻來覆去。有些更野蠻的士兵嫌號舍內過於狹窄陰暗，乾脆直接把這些檢驗物品，全部拖到號舍前的大道上一一檢視。

「混帳！誰拉屎！」

只見一名士兵異常憤怒，從一間號舍內直奔而出，並找出了號舍的主人，見面就是一陣怒罵，並不停將雙手伸向考生上衣反覆擦拭。該名考生臉色鐵青，低頭默默承受所有責備，然而怒火中燒的士兵依舊罵個不停，直到考生跪地求饒才肯罷休。

「看什麼看！你們這群混帳連屎都不會拉嗎！」

這名士兵發現周圍考生默默觀看自己的所有舉動，怒罵了一聲。所有考生見狀況不妙，又趕緊回過頭去。

排在陳淡與謝庭中間的秦得生，由於當初事出突然，並沒有穿上鞋子，就被強行拖出，現在赤腳站在雪地上，已令他這魁武的身軀顫抖不已，更何況是深夜陣陣刺骨的寒風。

隨意望向對巷行伍中的老者施翰堂，發現他正面無表情呆立原地，而排在他前方的洪鈺，依舊是那副高傲的神情，不過面容比前晚更為憔悴，本來銳利的雙眼也變得黯淡許多，並不時在冷風中壓抑咳嗽的衝勁。

再將目光移向前方，卻令陳淡不覺大吃一驚。已經過了一整日的考試，竟然到現在才發現黃民安與他身處同一條「秉直」考巷。雖然視野不算清晰，但藉由大道上的列隊，讓兩考巷的考生距離拉得更近，這也才讓陳淡首次看清楚，原來黃民安的試場位置就在洪鈺的側邊。

「抓到啦！抓到啦！」

遠方一名士兵發出欣喜的狂叫聲，手中還高舉著一本小書冊，吸引了所有人的目光。

「馮大人，這名考生把書籍夾帶入場，窩藏在號舍的牆壁縫隙中，被我逮個正著了！」

「大人冤枉啊！」士兵都還沒有指明是誰，就有一名考生跪地求饒。

馮敬見到後，依舊不改笑容，緩緩走向前方，接著一聲令下，數名士兵湧向那名跪坐在地的考生，一下就被迫戴上枷鎖，強行拖至巷尾等候發落。

「我就說吧！各位官爺，你們應當叫好才是！這可是替社稷又多除去一名敗類啦。」馮敬得意地說著。「不是我愛懷疑，而是你們之中真的太多這類混帳，也不是我愛整你們，是你們真的太多敗類暗藏其中了！」

等待號舍檢驗完畢後，已經過了約莫一刻鐘，士兵們開始轉而分批對考生進行搜身動作，所有考生全在寒風中顫抖不已，但懾於士兵們的官威，也沒有人敢埋怨什麼。

這名巷長馮敬，理所當然會握有整條考巷的名冊，對於所有考生的身家背景相當清楚。自從入巷以來，陳淡細細觀察，所有士兵都會察覺巷長的顏色，辨明哪些人可以欺負，而哪些考生則是招惹不起。像黃民安這樣家大勢大的考生，在同一巷內，可能也不在少數，這也是為何對於一些人的檢驗，無論是士兵或是巷長馮敬，總是睜一隻眼閉一隻眼，好似這些人本來就不存在。

「誰准你穿棉襖的！」一名士兵對著其中一名考生怒喝道。

一些考生聽到，雖然還沒輪到搜身程序，還是默默將棉襖脫下扔至一旁。但神色自若的黃民安，卻絲毫沒有受到任何影響，還是繼續披著那件華麗的棉襖。

黃民安身旁另一位考生，生得奇貌不揚，同樣也是穿戴華麗棉襖，每與黃民安四目交接時，就會露出不屑的眼神，看來兩人之間，或許在地方上各有背景，才會如此互看不順眼。

陳淡算是早有料到可能會在棉襖這方面受到士兵刁難，早在集合時就已脫下，雖然是避免受到了挨罵，卻還是讓自己在寒風中受凍許久。看看一旁的謝庭，依舊穿著棉襖，陳淡不禁懷疑他在京師恐怕也還是有著不小的背景，其他同樣是聽到怒罵聲不為所動的考生，恐怕也都有其胸有成竹的靠山在身。

不久後，士兵總算檢驗到了謝庭這裡，然而令人訝異的是，巷長馮敬竟然也正好巡視至此。

士兵們伸手對著謝庭摸上摸下，氣氛之凝重，就連在一旁的秦得生和陳淡也深受感染。對看許久後，士兵望了馮敬一眼，而馮敬對對名冊，或許發現是當地的國子監生，微微頷首，一下就離開了謝庭，轉往下一名考生秦得生。見到士兵們離去後，謝庭僵硬的神情總算卸了大半。

赤腳踏在雪地上的秦得生，除了咬緊牙根強忍身體的顫動外，雙腳更已凍得發紫。士兵們見狀或許心生同情，對於秦得生並沒有多加刁難，只是隨意摸索便完成動作，隨即轉向陳淡進行搜身。

「慢著！我有說可以了嗎？」一直冷眼旁觀的馮敬突然開口。

本來要對陳淡進行搜身的士兵們，停下手邊動作，轉向馮敬等待指令。

「叫什麼名字？」馮敬上下打量秦得生。

「回報——小的叫做秦得生。」

沒有先前的傲氣，秦得生完全只像個溫馴的獵物，然而受凍的雙腳，卻令他聲音顫抖不已。

「哪裡人氏？」馮敬繼續板著臉孔問著。

「是——是四川成都人——」秦得生低頭答道，整個蜷縮顫抖的身影，和他那高大的身材形成強烈的違和。

「把衣服全部脫光！」馮敬下巴微抬，對秦得生下達了無理的指示。

「這——」秦得生睜大雙眼無法置信。

「剛才集合時拖拖拉拉，抗拒的態度讓我深深懷疑你嫌疑重大，還有什麼疑問嗎？」馮敬刻意以輕柔的口吻說著，卻難以掩飾他那微揚的嘴角。

懾於馮敬的官威，秦得生也只能慢慢脫去身上的衣物。

不知道是基於生理反應，還是心理上的壓抑，脫去衣物的秦得生全身顫抖得更為厲害，臉上更已經是涕淚縱橫。

「咳——咳——」

對巷洪鈺的咳嗽聲來得正不是時候，讓官大威大的馮敬不禁緊皺眉頭。

「那邊！剛才是誰發出不滿的！」馮敬回身對著另一條行伍大聲斥責。

「咳——咳——」

身染重病的洪鈺，還是忍受不住寒冷的天氣，儘管旁人都看得出來，他已經很努力壓抑咳嗽的衝動，卻還是抵擋不住生理上的反應。

「你，姓啥名誰！」馮敬怒氣沖沖走向洪鈺。

「洪鈺！」

對於巷長馮敬種種的跋扈行為，洪鈺或許早就看不順眼，天性高傲的他，這時竟然頂撞起馮敬。馮敬對了名冊後，頓時更為惱怒。

「好大的官威啊！」馮敬大概做夢也沒想到，竟然有人敢在自己負責的考巷內頂撞他。「洪鈺是吧！我早注意你很久了！給我把衣服全部脫光！」

「咳——脫便是脫，我洪鈺倒怕你誣陷不成！」

「好啊，真是大言不慚——」馮敬氣得說不出話，頻頻點頭怒視洪鈺。在寒風中，洪鈺的身軀顯得更為搖晃不已，隨時都有倒下的可能。

「你給我全部脫光！」

看到洪鈺脫完上半身衣物便停下動作，馮敬逕自用力拉扯洪鈺身上所剩的其他衣物。

拿起洪鈺所有衣物檢視一番，卻也沒有什麼可疑之處，洪鈺即使有如風中殘燭，卻還是露出了睥睨的眼神。

馮敬見狀後更為不悅，粗暴地直接將洪鈺頭上的髮簪抽下，讓光著身子洪鈺頓時變得披頭散髮，模樣相當狼狽。

「哼，天色昏暗無法看清，這簪子我收下了，待我回去好好研究，先別給我在那得意。」

雖然過去也聽過有考生為了作弊，將四書內容以精工刻在髮簪上，但在場所有人都看得出來，惱羞成怒的馮敬只不過是「欲加之罪，何患無辭」。

苦於沒有罪證，馮敬也拿洪鈺沒有辦法，拿了洪鈺髮簪後便匆匆繼續後面的巡視，其他士兵見狀後也只能跟了過去。

就在馮敬人馬逐漸遠離後，本來想要彎身拾起地上衣物的洪鈺，竟然體力不支應聲倒地。

眾人見狀想要上前探視，卻又因為馮敬的囂張作風，讓大家也只能眼睜睜看著洪鈺倒下。

一旁的黃民安看了倒地的洪鈺一眼，竟然還打了個哈欠，要是這種舉動出現在其他人身上，早就被士兵們罵到狗血淋頭。並不是士兵們沒有看見黃民安的動作，而是他們各個都不敢招惹這個南方的顯赫仕紳，也只能裝作沒看到。

這就是士人求官之路都會遇到的考場受辱過程嗎？只為了求官，為何必須忍受這樣無理的對待？這些貢院士兵到底又是存著什麼樣的心態，一再惡整考生？這群來自全國各地的舉人菁英，即使在地方上就算貴而不富，好歹也都是鄉里上有頭有臉的人物。鄉試中的承辦人員，雖然多少也有些人不是很客氣，卻也不至於到這種地步，這些貢院士兵究竟背後是誰在幫他們撐腰？一連串的疑問，陳淡也找不到答案。他希望像馮敬這樣的惡官只是少數，不然這些士兵和往後科考入仕的官員絕對會是永無止境的鬥爭。或許就是因為他們受到那些當年受辱官員的長年欺壓，這些貢院士兵才會轉而出氣在考生身上，這也是他們唯一能夠惡整未來高官的難得機會。

奄奄一息的洪鈺，用著僅存的力氣，緩緩伸出微抖的右手，抓起雪地上的一件件衣物勉強蓋在身上取暖。旁人看了於心不忍，卻也還是沒人敢伸出援手，即使是陳淡也不例外。就連身旁的秦得生都幫不上忙，更何況是對巷的洪鈺？

遠方又傳來馮敬的咆哮聲，可以想見又有一名考生落難。所有考生直視前方，沒有人敢轉頭一探究竟。畢竟在這種情況下，人人自危，只能不斷祈求這種事不要發生在自己身上。

又是一陣寒風吹來，陳淡身旁的秦得生已經再也忍受不住，砰的一聲倒了下去。

藉由餘光看到了秦得生的慘狀，陳淡除了同情以外，卻也無能為力，只能眼睜睜看著這些士兵們的跋扈行徑。不僅僅是陳淡如此，在場的所有考生為了求取功名，也只能繼續這樣忍辱負重。

「喂，大爺，起床囉！要繼續考試囉！」

睜開惺忪的雙眼，號舍前出現一名士兵，本以為就要挨罵，卻發現這名士兵不同於先前其他人那般跋扈，反倒帶有一股莫名的親切。

「有些人已經在振筆疾書啦，還不快點準備？」士兵笑了笑，又向前進行例行性巡邏。

這名士兵樣貌相當年輕，大約也和陳淡一樣二十出頭。或許由於年紀尚輕，還未感染其他官兵的官僚氣息，出於好意叫了陳淡起床。

昨夜的臨檢震撼，依舊殘存心中，但經過一夜長歇，卻又好似僅是一場惡夢。

由於昨夜抽檢時吹風甚久，即使在那之後還有小睡了一會兒，卻還是令剛起身的陳淡頭痛欲裂。

陳淡反覆戳揉雙手藉以取暖，將公發棉被折好，收入座椅下的擺置空間，並將活動木板抬高到書桌的位置，準備繼續昨日未完成的試題。

即使陣陣疼痛不斷發出繼續歇息的慾望，但陳淡還是緩緩拿出文房四寶準備就緒。即便千百個不願意，但為了在官途上能夠有所斬獲，也只能咬牙撐過考試。

「再忍耐兩天就好——」陳淡喃喃自語。

先不管撐不撐得過長達九日的會試，現在陳淡只想先順利結束第一場的考試，就能再回到客棧歇息一天。客棧雖然豪華，再怎麼說還是沒有自家來得習慣，但和現在這種狹窄惡臭的號舍相較起來，那種沒有冷風不時灌入的客房，還是舒服多了。

陳淡再次戳揉雙手，藉以暖和提筆的右手，要不然這冰冷的右掌，實在是連毛筆都握不緊，更何況是要寫出工整的字體。

拿出墨條準備研磨，卻發現墨條已經斷成兩截。本來還不知其所以然，但想起昨夜士兵們搜查號舍時的粗暴動作，大概也和那脫不了關係。

拾起斷掉的一截，陳淡無奈地磨起墨來。

號舍外的視野，依舊還是那方型的景色，不過已經出現較為明亮的視線。

「起床啦！喂，已經很晚啦！」對巷出現剛才那名年輕士兵的呼喊聲，原本只是小聲地喊著，接著卻愈叫愈不耐。「喂，大爺，別那麼悠哉行嗎？行行好吧！」

就過往的考場經驗，這些考場士兵並沒有去叫醒考生的義務，從鳴炮示意開始考試後，所有考生的考場作息，除了夜晚的三根蠟燭為限外，其他時間就由考生自己安排。這名年輕士兵出於個人好意，在巡視工作中，還會一一叫醒那些熟睡過頭的考生，看來也不是所有的貢院士兵都那麼可憎。

「不好啦！不好啦！」

還在思考發生了什麼事，就看到那名年輕士兵從陳淡號舍對巷的視野外狂奔而去。即使相當好奇發生了什麼事，困在號舍中的所有考生也只能聽聞其音，卻不見其人。要不是一早和那名年輕士兵有著一面之緣，再加上剛才又從前方視野中一閃而過，陳淡大概也不會去理會發生了什麼大事。

過了一段時間，就在陳淡已經忘記這件風波，埋首試卷之時，卻發現考巷大道上出現了五、六名士兵聚集在對巷的號舍前。

「出事啦！出事啦！」

雖然在陳淡的視野中，只看得到其餘兩、三名士兵的背影，但這名年輕士兵的聲音，陳淡印象深刻。雖然這些士兵距離陳淡這條考巷有段距離，但因為考場內相當寂靜，也使得陳淡還是能夠隱約聽見他們的交談聲。

「你這乳臭小子，有什麼好大驚小怪的！」另一名士兵語帶責備地說道。

「可是——這——」年輕士兵的聲音顯得有些顫抖。

「哎呀，張弟啊，你可真是孤陋寡聞啊！這種情形在每一次的會試可是見怪不怪。會試每次都在二月舉行，要是遇上當年寒冬不走，春天不來，就算下了暴風雪都不意外。上萬名考生死個人幾百人也沒什麼奇怪，更何況這些以後要當高官的，要是沒有鐵打的身體，怎麼能日理萬機，挨不住的當然就自己先去見閻羅王啦！」

「說到這，就我經驗看來，今年也剛好遇上晚冬，張弟，你搞不好就有機會在暴風雪中執勤了，到時候應該會有更多這種挨不住的倒楣鬼。」一名士兵插進話題。

「唉，不過這小子未免也太弱了吧，都還沒遇到暴風雪，就先去報到，真是的！」

陳淡本來只是埋首疾書，並沒有很專心聽著這些士兵們的閒聊，偶然抬頭，卻發現這群士兵正合力抬著一張躺著人的草蓆，而草蓆上垂下的雙手只是隨著士兵們的步伐無力地左右搖晃。由於上半身蓋著白布，陳淡也不無法得知草蓆上的人究竟是誰，不過他這才會過意，有人不幸在考場中往生了。

究竟是誰？從方向看來，該不會是「漳州國順」黃民安吧？

陳淡內心深處有股聲音，期盼那人就是黃民安，但想想雖然和兄長一樣，對於黃民安的一些舉動，實在難以忍受，但卻又說不上恨之入骨。但在幼年時，陳淡親眼見過太多黃民安的惡行，尤其是當他鄉試中舉時，刻意讓報喜隊伍繞過自家挑釁的那個舉動，即使是衝著兄長而來，還是讓陳淡無法輕易諒解。或許像黃民安這種做作又苛薄的個性，比罪大惡極的殺人犯還要難纏，究竟該說是厭惡，還是憎恨，就連自己也很難確實劃清界線。

還在思考的當兒，眼前的那群士兵突然將草蓆迅速放下，整齊劃一排成一列，並下跪磕頭。

「嘖，劉大人怎麼來了！」

過了許久，卻還是不見「劉大人」的身影，可見這群士兵遠遠見到「劉大人」便下跪迎接，想必一定是名大人物。

「呼——唉呀，劉大人啊，怎麼有空過來呢？」不知道什麼時候，從巷尾方向冒出了馮敬的身影，半跪在地打著過份親切的招呼。

從馮敬急促的喘息聲，更不難判斷他先前的劇烈奔跑。到底是什麼樣的人物，能讓如此囂張的馮敬變得服服貼貼。

「你是巷長吧？叫什麼名字？」

由於角度關係，陳淡也只能看到這名說話者的背影，從肩上華麗的棉襖和身上高貴的官帽不難猜測他是朝廷官員。

「小的叫作馮敬，是這『秉直』考巷的巷長。」馮敬雙手合握，必恭必敬地說著。

「起身吧！」

劉大人揮手示意，即使如此，也只有巷長馮敬起身，其餘的士兵依舊維持跪坐的姿勢。也由於劉大人微微轉身，讓陳淡看到了他老邁的側臉。半白的鬢髮，深刻的橫紋，和那濃密的長鬚，讓整個人看來十足威嚴。

陳淡雙眼微睜，難不成眼前這名高官便是洪鈺他們那天在客棧所說的那名主考官殿閣大學士「高揚先生」？

「這是怎麼一回事？」劉大人語帶不滿地問著。

「這——」馮敬看了一旁的跪坐在地的士兵們一眼，似乎想要尋求答案，卻還是自己答道。「啟稟劉大人，這名考生入院應試前就已身染風寒，不料幾經惡化，挨不過昨夜寒冬，還是往生了。」

馮敬竟然出現少有的哀戚神情，和昨晚相較簡直判若兩人。

「翻開遮布讓我瞧瞧！」劉大人說道。

馮敬稍微遲疑了一下，還是揮手叫一旁的士兵們照辦。

翻開遮布後，讓遠在對巷的陳淡大為吃驚。雖然躺在草蓆上的遺體，由於有段距離，難以看清面貌，但從那披頭散髮的身影，不難判斷那人便是浙江舉人洪鈺。

「這是怎麼一回事，為何這名考生如此狼狽！」劉大人眉頭深鎖，雙眼睜得奇大。

「這——」馮敬身體微微顫動，但隨即露出苦笑。「回報大人，昨晚實行考場例行抽查，發現這名考生舉止過於可疑，搜過號舍無誤，便向他要了髮簪，等待今早天明再作檢驗，但料不得他竟然——」

馮敬話還沒說完，劉大人便起了個手勢制止，並說道：「好好好，我說過，你們這群爛兵怎麼維持考場規矩，這是你們的職責。本官也是從這考場出身的，別以為我不知道你們是怎麼搞的。聽清楚，別給我惹事，要是出了什麼紕漏，讓我無法跟主官交代，甚至害我摘了烏紗帽，我看你們小命也難保！」

「是的，大人！」

即使心不甘情不願，馮敬還是笑臉迎人，下跪行禮，承受劉大人的所有怨尤。

「這名考生務必好好安葬，好歹也是個舉人菁英，請個道士來超渡超渡也不為過。雖然我很清楚你們這群爛兵最瞧不起咱們這些士人，但這就是現實，咱們官階就是你們這群爛兵八輩子也望塵莫及。」劉大人笑了起來，竟然和昨晚馮敬那令人厭惡的笑容如出一轍。「哼，最後本官再說一次，給你們自由，就別扯我後腿，咱們互不相害。」

說都還沒說完，劉大人便頭也不回揚長而去。

劉大人才一轉身，馮敬臉上的笑容瞬間消失，取而代之反而是憤恨的眼神。

寧靜的考場，只剩下馮敬等人依舊跪坐在地。原來那名高官並不是「高揚先生」，而是副考官劉應義，雖然同為殿閣學士，但官階上還是差了主考官一大截。原以為劉大人會發現實情嚴懲馮敬這些人，想不到卻也為了不想惹事，而對考場上橫行的官兵繼續睜一隻眼閉一隻眼。或許某種程度上，雙方算是已經達成某種共識。

巷口方向傳來的枷鎖鍊條的碰撞聲，不久又是一陣同樣的聲響，看來劉大人已經離開了巷口柵門。

馮敬起身拍去因跪坐沾在衣上的積雪，而且愈拍愈用力，想要大吼，卻還是壓抑聲調：「呸！他奶奶的！最好咱們這群爛兵就是八輩子都要倒大楣，被你們這群昏官貪吏欺壓！」

愈想愈氣，馮敬狠狠地踹了洪鈺遺體一腳。其他士兵見狀，也忍不住往洪鈺身上吐起口水。

「都是你這倒楣鬼害慘咱們的！」一名士兵埋怨著。

看在陳淡眼理，這些舉動實在令人無比心痛。然而對巷的老者施翰堂，打從一開始，就對這些近在他眼前的所有事情視若無睹，不管是劉大人的現身，或是馮敬的逢迎，乃至於後來蹂躪遺體的暴行，就像什麼也沒發生般，繼續埋首自己的試題。或許這些行為，對大半輩子都在參加會試的施翰堂來說，早已經見怪不怪了。

但一想到洪鈺的下場，還是令陳淡難以順利提筆。一個相貌堂堂，前途無量的年經舉人，遠離家鄉來到京師求取功名，沒求得官位還不打緊，竟落得客死異鄉的悲慘結局，還在死後遭到眾人摧殘。或許洪鈺就如陳淡一般，來自「耕讀世家」，背負著所有家鄉人的眾望，一路上靠著自己苦讀的實力攀升至此，昨晚對抗馮敬惡勢力的那股勇氣還歷歷在目，而今卻成為如此狼狽的凍屍，家鄉等待的那些人又會做何感想？或許等待了十年，如果同鄉刻意隱瞞，也未必會知道這名浙江之光的死訊。

陳淡眼眶早已濕熱，雙眼更是泛紅，不僅僅是為這名浙江舉人深感同情與惋惜，更對求取功名之途上看到的種種怪象感到沉痛不已。

卷五

時間：明思宗崇禎七年
會試第一場　第二夜

地點：北京貢院

「哼，什麼鬼啊！在這風雪夜裡，還想請道士來作法超渡，劉傻是不是瘋啦？」

「這也沒有辦法，這可是上頭的指示——」

「唉，在那間號舍撒撒冥紙，也算是送那名倒楣鬼最後一程啦！況且那劉傻也不過是隨口說說，哪是真關心這些考生。他眼裡只容得下自己的官途，哪管得著別人死活！」

已入深夜，寂靜的考場又傳來了巡邏士兵的抱怨聲。經過一整日的考試，陳淡草草完成後面的四道策論。由於洪鈺的死，讓陳淡心情多少受到影響，專注力總在恍神之時飄移到對巷的景色。儘管正對巷的老者施翰堂，依舊老神在在埋首於自己的試題，但陳淡只要一想到他隔壁洪鈺的遭遇，心情還是會不自覺沉重下來。

由於心情紊亂，但為了不打亂自己的時間安排，陳淡還是利用這一整天的時間完成了後四篇的草稿，等待明日心情較為平復，再作最後的修改。

「嘖，看什麼看！有什麼不滿嗎？」

士兵們經過施翰堂號舍前，突然發出了咒罵的話語，也許是冒失的施翰堂又多看了這些士兵幾眼，引來了他們的不滿。

「哼，老不休，要不要這些剩下的冥紙留給你上路！」一名士兵來回揮舞手中的一疊冥紙。

由於晚間視野昏暗，陳淡也看不清楚到底發生了什麼事。

入夜以來，天空又降起細雪，而風勢逐漸增強，也讓許多雪花隨風飄入了號舍內。

用完公發晚餐後，還是令人無法填飽飢餓，因為已經是第一場考試的最後一夜，陳淡不再矜持，拿出了自己帶來的糕餅準備食用，卻發現這些糕餅多半已經碎成粉屑。不願再去多加追究，陳淡將這些糕餅盡數吞下，就連散在紙袋上的粉末也不輕易放過。

晚來風雪驟增，已到了前所未有的地步。陳淡即使穿上棉襖、蓋上棉被，卻還是難以抵擋這突如其來的風雪。為了避免冷風冰雪灌入，陳淡起身半倚內壁，以躺坐方式盡可能讓身體蜷縮在號舍深處。看著眼前狂暴的風雪，除了一片昏暗的視野外，真的什麼也看不見了。

今夜風雪過後，又有多少人會像洪鈺那般遭遇不幸？

比起先前的風雪，今晚格外懾人，狂暴的程度令陳淡難以置信。會不會明日曝屍大道上的就是自己？

想著想著，陳淡又將身體往號舍內縮了進去。躲在棉被內不停反覆搓揉雙手，卻也無法暖和冰冷的手腳。今夜在狂風暴雪中，氣溫驟降，已到了難以忍受的程度，若就此沉睡下去，是否還會有甦醒之時？在半室內的號舍中，陳淡的一吸一吐都在空氣中畫出白霧，由此可見氣候的嚴寒，更何況是考巷中的情形。將棉被拉至頭部的高度，只留住一小個縫隙供為呼吸，陳淡依舊不自覺地抖著。

陳淡感到四肢有些麻木，雙眼更是暈眩不已，偶然在號舍前晃過溫暖的火炬，原來那是考場士兵依舊在暴風雪中做著例行性的巡邏，想來也是件極為辛苦的差事。

隱隱約約中，陳淡聽見了貢院外的報更聲，細細數來應該已是半夜三更，依舊無法入睡。

「鏘——鏘——鏘——」

不知道過了多久，風雪逐漸減弱，眼前又再晃過了熊熊火炬。已經不知道是第幾次了，這些士兵還是盡守自己的本分。

又過了一會兒，風雪總算歇息，但號舍前的大霧，還是讓人看不清號舍外的所有景物。陳淡四肢早已麻痺不已，即使意識還算清楚，沉重的手腳卻已經難以任意使喚。

貢院外又傳來了四響報更鑼聲，已是四更時刻。再這樣下去，陳淡恐怕整晚都不用歇息，但換個角度思考，這樣清醒的狀態，或許反而能讓他免於在這場突如其來的暴風雪中失溫喪生。

「不好啦！不好啦！」

本來已經帶有幾分睡意的陳淡，卻被考巷中吼叫聲弄得完全清醒。再次回想，陳淡發現這應該是那名年輕士兵的身影，不知道這一次又發生了什麼事。

號舍前的視線還是一片模糊，在大霧中什麼也看不見，只能隱約看見士兵所提的微弱火光在大道四處亂竄。

「什麼事需要這樣大驚小怪的呀！」貌似幾名士兵正從遠方趕了過來。

「對啊，你這乳臭小子又在發什麼神經啊！」另一名士兵跟著數落。

「殺人啦！殺人啦！」年輕士兵又再次高喊。

「什麼啊！你睡傻了嗎？這種戒備森嚴的考場怎麼可能，少作夢了！」這名士兵顯得相當不以為然。

「這——是血啊！不要破壞現場，雪地上竟然只有咱們士兵的腳印，這太詭異了！」年輕士兵顯得相當驚惶失措。

「什麼！真的是血！來人快去巷尾通報馮大人！」

「那我去通報駐守在明遠樓的仵作，這事可不得了，只有馮大人應該處理不來的！」雖然看不見年輕士兵的身影，但還是隱約可以聽到他那急促的腳步聲。

「該死，這冒失鬼想做什麼，去把他追回來啊！」一名老邁士兵喊著。

雖然不見聲音，但從這些交談中，卻又可以得知發生了大事。誠如士兵們所言，這種戒備森嚴的考場，怎麼可能會出現兇殺案。到底又是哪名考生慘遭殺害？

沒過多久，考巷大道上出現許多火炬，照得整條大道明亮如晝。

「這名考生血流如河，已經回天乏術。不要靠近現場啊！你們沒發現除了前面幾人的腳印外，沒有其他外人的足跡嗎？」一名士兵大聲嚇阻其他剛到場的士兵。

「這是怎麼一回事？搞什麼鬼啊！大半夜在胡搞什麼啊！」

巷長馮敬又不知何時出現在考巷大道上怒斥著。火炬上隨風飄逸的火光，讓這些士兵的身影更為顯眼。

「是誰發現屍體的？」聽見沒有人回答，馮敬又再問了一句。

「回報馮大人，是那名新兵張尊，不過不知道跑哪去了。」

「混帳！」馮敬顯得相當氣急敗壞。「那兇手呢？兇手逃到哪裡了？」

在場的所有士兵依舊鴉雀無聲，久久才有一名老邁士兵打破沉默：「馮大人，這太怪異了，考場內檢驗那麼嚴格，怎麼可能會有兇器？更何況張尊發現屍體時，雪地上卻完全沒有其他可疑的足跡，這不就和九年前那件舉人暴斃事件如出一轍？」

「混帳！一群飯桶，你們是怎麼檢驗的，又怎麼巡視的，淨給我惹事生非！」

「報！」

年輕士兵張尊從巷口狂奔回來，並在口中高喊：「副考官劉大人就要駕到！」

「混帳！又是誰給我去通報的！」馮敬異常憤怒。

「回報馮大人，小的只是想去明遠樓通知仵作前來相驗。因為不似昨夜考生自然死亡，必須接受仵作驗屍，且這現場甚為詭異，才想在第一時間通報驗屍。想不到竟在半路遇到巡視中的劉大人，大人得知後允諾會帶仵作親自前來調查。」

「混帳，才剛走了劉傻，你這又要引他回來！誰跟你說這名考生不是自然死亡，流點血就不是自然死亡嗎？」

「可是馮大人，我就是先在雪地上發現鮮紅血跡，再去翻開這名考生，才發現他喉管大量湧血，這應當不屬於自然死亡——」

「混帳，可是個屁，你又算老幾，這考巷是你家開的啊！是不是兇殺，由我決定，竟給我擅自報案，一報還直接報到副官那去！整我啊！」馮敬的說話聲中，已經帶有幾分顫抖，可見他的憤怒程度。

下一瞬間，怒吼中的馮敬卻突然安靜下來，所有士兵也整隊排列，動作一致面向巷口。

「恭請劉大人駕臨！」馮敬一下就恢復冷靜，雄渾的嗓音響徹整條考巷。

一下子所有士兵就跟上馮敬的下跪動作，以半跪坐的姿勢迎接劉大人的到來。

大霧逐漸散去，天色又亮了起來，陳淡總算可以看清楚考巷大道上的所有景物。十來名士兵，以馮敬為首，整齊劃一跪坐在地，全都低頭迎接劉大人的來臨。

「哼！這是怎麼一回事？」劉大人劈頭就表達了強烈的不滿。

「回報劉大人，這名考生不知為何在號舍內暴斃身亡。」馮敬雙眼又變得相當柔和，好聲好氣地答道。

「亡者何人？」

「經查證，為福建漳州舉人黃民安。」馮敬輕描淡寫地述說著。

陳淡聞訊雙眼睜得奇大，無法相信自己的耳朵。為何黃民安會在考場內遭人殺害？即使在生前的他是如此地令人厭惡，卻還是難以相信他竟然已經離開人世。

「喔——那不是咱們那南方知名的『漳州國順』，怎麼會遭人下此毒手！你們是怎麼搞的！」劉大人的吃驚程度不亞於陳淡，豎起濃眉怒斥著。

「漳州國順」！想不到就連主持會試的副考官都知道南方的這號人物，可以想見黃民安如日中天的聲勢。

「回報劉大人，這事過於突然，諸多疑點尚待釐清——」

馮敬尚未說完，劉大人已經囑咐身後的仵作前去驗屍，馮敬也只能摸摸鼻子繼續跪坐在地。

「你就是第一個發現屍體的吧？叫什麼名字？」劉大人不想藉由馮敬的回報得知案情，親自問起證人。

「小的叫作張尊，當時四更交接巡視工作不久，便發現淨白的雪地上出現一道顯眼的鮮紅血水，上前查看便發現此名考生喉管滿是鮮血已經斷氣。初步判斷剛遭人刺殺，便通知其他來者前來處理，自己則出考巷尋求進一步的協助。」

劉大人聽完後來回踱步，沒多久繼續問道：「那對於兇手可有何頭緒嗎？」

張尊低頭思考了一會兒，才又開口：「回報大人，這也是小的一直大感不解的疑點。在命案現場的號舍前，不僅兇手沒有在雪地前留下足跡，就連可以當作兇器的東西，應當也是沒有——」

「荒唐！豈有此理！一群愚蠢爛兵！」劉大人眉頭皺得更緊，向前走了幾步，轉向正在驗屍的仵作。「宋大夫，死者的致命傷是什麼？又是被什麼兇器殺害的？」

這名仵作已經有些年紀，緩緩從號舍內走了出來，也許是大半夜被人挖了起來，顯得很沒精神。

「回報大人，在下也很疑惑。死者致命傷是喉部的刺傷。」仵作伸出右手在自己的喉嚨處比了一下。「死者喉部有個約莫小指般大小的深孔，應當就是兇器所造成的致命傷。」

「那凶器會是何物？」劉大人問道。

「以在下多年的執法經驗而言，各種怪異兇物閱覽無數，卻也沒見過如此奇特的傷口。若硬是要說，便是這傷口和九年前的貢院懸案如出一轍——」仵作愈說愈小聲，不覺將頭也默默低了下來。

「竟有這種怪事？」劉大人起初難以置信，但經過仵作的解釋後還是不得不接受。「宋大夫還是先繼續驗屍工作，我去詢問其他案情細節。」

一聽到九年前的案件，所有人的心情都顯得相當沉重。究竟九年前發生了什麼樣的怪案子？

天色逐現光明，既然已經沒有什麼睡意，不如打鐵趁熱，直接將七篇論述好好大修一番，以求順利交卷，晚上便可以回到客棧內倒頭大睡，只是一想到黃民安就這樣無故遭人殺害，還是令陳淡很難定下心來好好修改。

不僅僅是陳淡如此，由於僅剩最後一天的考試時間，再加上昨晚的暴風雪，許多考生也和陳淡一樣難以入眠，起個大早，準備做第一場考試的最後衝刺。

號舍視野外，已不見馮敬的身影，可能去處理其他例行事務，在場只剩下劉大人繼續對其他士兵問話。

「回報大人，小的是在張尊之前的交接士卒周定，那時風雪已停，地上僅有咱們士卒往來巡視的足跡，此外別無他物。」士兵周定大感疑惑地說著。「更有甚者，在我下崗前死者黃民安尚且健在。」

「此話怎說？」隨著案情的撲朔迷離，劉大人反而愈形不耐。

「小的記得在交接前還曾經聽見死者說著夢話，因為他隔壁間正好就是前一晚病逝死者的空房，因此印象非常深刻。」

劉大人緊皺眉頭，若有所思，不久才又開口：「這麼說來死者是在張尊巡視時遭人殺害的？」

「大人，小的巡視時確實沒有撞見其他人出現在考巷大道，雪地上的足跡足以作為佐證。」張尊眼看矛頭指向自己，急忙解釋。「況且那時不但風雪已停，大道上也不再大霧瀰漫，任何考生只要是踏出號舍，一眼就能瞧見。」

劉大人對於張尊的說詞，沒有做出任何回應，反倒是伸手捻起長鬚，內心不知道在盤算些什麼。

一直仔細聆聽他們對話的陳淡，彷彿已經忘記自己還身處考場，從小就對於公案傳聞甚感興趣的他，當然對於這種怪異的案件自然很難放過。更何況死者竟然還是令他既厭惡又難以徹底痛恨的黃民安，更令他心情相當複雜。

多年來壓榨兄長的厭惡，和黃民安在地方上的龐大勢力，讓陳淡對他完全沒有任何好感。然而在聽聞他的死訊之時，還是相當震驚，好歹再怎麼對於他的一些作為感到不齒，也不至於罪大惡極，如今竟然也落得這樣的下場，沒有絲毫的痛快感，反到是令人不勝噓唏。

位於陳淡正對面號舍的老者施翰堂，依舊還是那一副老神在在的模樣，無論是前一晚洪鈺的死也好，或是現在黃民安的命案也好，一直都是那事不關己的冷淡態度，彷彿什麼事也發生般地繼續寫著自己的試題。

七篇論述已經完成，剩下的也只有修改、謄寫的動作，也因為時間還算充足，讓陳淡專注力不是很夠，一下就很容易將思緒移向對巷發生的事情。

由於天色逐現光明，再加上昨晚的大霧早已散去，陳淡算是第一次能夠清楚瞧見對巷的景物。那名永遠一副自我中心的施翰堂，或許可以說上技藝高超，竟然拿著大楷粗毛筆寫著試卷。自從踏出福建以來，一路上真是見怪不怪，所謂人外有人，天外有天。或許多年縱橫試場的施翰堂，這種雕蟲小技對他來說根本不算什麼，也可能是一種他精湛墨技的展現方式。不過陳淡還是很難想像，用那麼粗的毛筆，真的能在試卷上寫出工整的小字嗎？由於望得出神，陳淡這才發現對巷的老者施翰堂正惡狠狠地瞪向自己這種盯著人看的冒失舉動。陳淡將眼神閃向他處，隨即重新埋首於自己的試卷。

「馮敬！你給我過來！」劉大人向巷尾的方向高舉右手，馮敬看到命令也只能遠奔而來。「我不是交代過不要給我惹事！昨晚才病死一名考生，今天還搞出個殺人案，你們是存心要我難堪的嗎？這下你看該怎麼辦？」

劉大人似乎已經放棄對案情的搜查，反而轉向對馮敬施壓。

「回報劉大人──」剛從遠方而至的馮敬，正氣喘吁吁地說著。「由於事出突然，很多事物尚待調查，不如大人容我一個時辰，必將案情水落石出，好給大人一個交代。」馮敬難得面色凝重，俯首懇求劉大人的寬限。

「這──」聽到馮敬這樣的條件，劉大人還算滿意，原本緊繃的神情，反而出現了難得的平和。

「大人，一個時辰後，保證能查出兇手是為何人。劉大人想必尚有其他要務在身，且先擱置此事，交由小的辦理，一時辰之後，必有滿意答覆。」馮敬依舊低頭答道。

「好，很好，這本來就是你們這群爛兵的責任，一個時辰後我要看到兇手！不管你們用什麼方法，就是要抓到兇手，好讓我有個交代！」劉大人說完重重朝馮敬甩了袖子，隨即轉身離去。

馮敬則瞪大雙眼看著劉大人離去的背影，口中並不時念念有詞。

待到劉大人離開巷口大門後，馮敬一下就變得暴跳如雷，高聲喊著：「張尊！你給我滾來！」

本來還跪坐在地，目送劉大人離去的張尊，像個犯錯的孩童，低頭緩緩起身走向馮敬。

「混帳！這種事咱們自己就可以小事化無，幹啥又去把那劉傻引了回來！」張尊才到定位，馮敬劈頭就罵。

「回報大人，小的只覺案情過於離奇，想要及早找到仵作好來驗屍，也覺得這種大事若還是隱瞞，若是其他考生爾後通報，對咱們也不是件好事啊——更何況死者還是那鼎鼎大名的『漳州國順』啊——」

「哼——」或許張尊的莽撞舉動，背後還是有其道理，馮敬也就不那麼生氣。

「報，林大人到！」巷口傳來柵門解鎖聲還有士兵的高喊。

「唉，煩不煩啊，真是有完沒完——」馮敬雖然口中念念有詞，還是必恭必敬下跪迎接。

不久，穿著整齊士兵服裝的林炫，出現在考巷大道上。

遠遠見到這名士兵的身影，陳淡這才想起，他就是那晚在貢院門外不斷刁難他的士兵長林炫。

「喔，馮弟，免禮，都是自己人。」林炫向前扶起馮敬。「聽說有大事發生啦？」

「唉，林大人，九年前傳聞中的考場懸案，如今竟然又再次重演，也是同樣的暴風雪夜——」馮敬彷彿敗犬見到主人般，對著林炫訴苦。「這下那劉傻要是一個不悅，可就有咱們士兵們的把柄，以後日子可就難過了——」

「這可真麻煩，我聽說死者是『漳州國順』是吧？這可是算是家世顯赫的大人物，想必不會那麼輕易放過咱們。」林炫面有難色。「是誰發現屍體的？」

「是那名新兵張尊。」馮敬指了過去。

「喔——」林炫停頓了一會兒。「馮弟，我說，若是狀況真的不可收拾，不如比照辦理——」

「這——」馮敬的遲疑，看起來並不像是出乎意料，反而更像是早有此意。

「雖然咱們一直以來都是閹黨作為靠山，但近來閹黨勢弱，要是那劉傻還有什麼欺人太甚的舉動，咱們也只能拉攏和劉傻向來不合的許大人作靠山了。」林炫拍拍馮敬。「馮弟，我還有要務在身，要先行離去，剩下的你應該知道該怎麼辦吧！你遭殃，我倒楣；你無事，咱們享福。切記這點！」

馮敬沒有回應，不過堅定的眼神，還是透露出他內心的決意。

與前幾日白天考試大為不同，第一場最後一日的考試，打從一開始就顯得相當嘈雜，無論是士兵的竊竊私語，或是劉大人的問案。到後來，甚至連士兵長林炫也來參了一腳。

在林炫離去後，馮敬又恢復了頤指氣使的模樣，不斷傳喚士兵們進行問話，到後來也把黃民安周圍的所有考生全部集合在考巷大道上審問。

看著死者黃民安附近的簡易號舍配置圖，馮敬對著這些考生一一點名。

「陝西戴睢、北直隸施翰堂、湖廣任鐘、國子監謝庭——」馮敬停了一下，上下打量著下一名考生。「喔，真是有緣啊，四川秦得生。」

高大的四川舉人秦得生，還是一樣在馮敬面前變得畏畏縮縮的，恐怕是抽檢那晚的震撼還餘悸猶存。

「還有你，叫什麼來著的——」馮敬又向前一步，站在陳淡面前。「那個死者的同鄉——」

「小的是陳淡——」懾於馮敬的脾氣，陳淡盡可能展現該有的恭敬，俯首行禮說著。

「嗯，很好——」

雖然馮敬並沒有叫他們行跪禮，於傳統禮法上也沒有這種必要，不過因為考試時期，又身處貢院內，這些考生也只得乖乖聽命於士兵們的命令。見到這幾名招集出來審問的考生們，一個比一個還要聽話，讓馮敬不覺沾沾自喜。

原本在馮敬招集的名單中，只有黃民安鄰近兩側和對巷的考生，並不包括陳淡。不過由於黃民安左側的洪鈺在前一晚已經過世，成為空房，順理成章叫了隔壁的施翰堂出來問案。老者施翰堂不知道是基於什麼樣的心態，是想邀功，或只是想要拖人下水，在被招出來的那一刻，便向馮敬供稱自己對巷的考生陳淡，和死者黃民安是為同鄉，且兩者感情不甚融洽。喜獲寶貴線索的馮敬，當然不可能放過陳淡這個可能。

黃民安的遺體已經從號舍內移出，仵作驗屍完畢後，暫時以草蓆包覆置於考巷大道上。誰也無法料到，這名聲勢如日中天的南方舉人，幾乎已是今年篤定上榜的人選，竟會遭到這種曝屍考場的悲慘命運。

「就由你先開始吧，陝西戴睢。」馮敬詳細對著名冊，指著第一名考生開始問話。「四更的時候，你在幹啥？」

這名陝西考生，四十來歲，皮膚相當黝黑，臉頰上坑坑疤疤，一副凶神惡煞的模樣，或許連馮敬都可能為此敬畏三分。陳淡想起，他就是在那晚突檢時，站在黃民安身旁，同樣不懼士兵官威，整晚都持續穿著他那件華麗的棉襖接受盤點，看來也是有其背景的人物。陳淡還記得，那晚他和黃民安的互動情形，似乎早已認識。

「回報大人，那時已經沉睡——」戴睢的聲音比想像中還要低沉。

「嗯，很好——」出乎意料外，馮敬並沒有多加刁難。「那麼你呢？北直隸施翰堂？」

「小的同他一般也在沉睡——」施翰堂指著身旁的戴睢，並咧嘴而笑。「大人，我想在場還有一些人也可以證明那名福建的年輕考生，和死者黃民安甚為不和。」

施翰堂眼神望向那晚同住在清風客棧的謝庭。

見到施翰堂的那副嘴臉，陳淡感到相當令人作嘔，不論是在清風客棧內那四處搭問人的模樣，或是後來的一些冒失舉動，甚至是現在的種種行為，都讓人可以清楚感受到他那自私的個性。

馮敬沒有搭理施翰堂後續的話語，轉向任鐘和謝庭問著。

「啟稟大人，小的由於前幾日皆無法安眠，又連日專注考試，昨晚燃燭完畢，草草用完晚膳，便倒頭大睡，一睡就是一晚，直到清晨甦醒，才知道發生大事。」體型嬌小的任鐘，說話速度非常神速，一口氣將所有的話說完。

馮敬還是點點頭，接著走向謝庭。

「回報大人，在下那時由於甚為飢寒，徹夜難眠。」謝庭答道。「那時雖然風雪暫歇，大道上卻是大霧迷漫。偶爾會有巡邏士兵提著燈火從號舍前經過外，一整晚幾乎都看不見對面發生什麼事。直到大道上出現一群士兵，熊熊烈火照亮整條考巷，才驚覺可能出事。」

「那個福建陳淡是不是真的和死者甚為不和？」馮敬突然插入了一句突兀的話語。

「回報大人，在下確實和福建陳淡、黃民安，以及施翰堂在考前一夜，皆同投宿於京師內的清風客棧，不過實在看不出陳淡與黃民安有何過節。硬要說的話，頂多也只是同鄉舉人，但各自走向不同派別。」謝庭沉穩地答道，讓施翰堂不禁眉頭深鎖。

「喔，眾所皆知，黃民安有著明顯的『閹黨』傾向，難不成這個福建小鬼，會是東林黨人？」馮敬冷冷地瞄了陳淡一眼。「這樣動機就更可疑了！」

「大人，小的無黨無派，昨晚由於疼痛，徹夜難眠，但除了風雪以外，也沒發現什麼異狀。」陳淡還來不及辯駁，秦得生就搶先解釋。

「哼，懂不懂這邊的規矩了啊？」馮敬見到秦得生後，刻意問起這樣的話語。

「大人，前夜是小的無知，冒犯了大人，還請見諒。」秦得生再也不見那夜凜人的反抗氣勢，或許見到被惡整致死的洪鈺，再怎麼樣的鐵漢，也知道身處此境，還是先保命要緊。

「嗯，很好——」馮敬滿意地點點頭。「還有什麼要補充的嗎？」

「硬要說的話，在昨晚暴風雪中，似乎可以隱約看見對面出現過人影——」

「喔，你正面對不就是那個已經往生的洪鈺，你確定嗎？」馮敬不以為然地反問。

「啊——」見到馮敬有些不滿，秦得生慌張地苦笑。「應當是我眼花，也可能是我在作夢吧，不然還真是活見鬼——」

「嗯，不錯——」馮敬又再次微微點頭。對於秦得生的自圓其說，馮敬感到相當滿意。「你剛剛說的疼痛，是哪兒痛啊？」

「回報大人，是雙腳凍傷的皮肉之痛——」秦得生說完才覺得這話不恰當，愈說愈是小聲，高大的身軀更是逐漸蜷縮起來。

「那現在還會痛嗎？」馮敬刻意拉高聲調問著。

「回報大人，不痛了！不痛了！」秦得生急忙答道。

「嗯，很好，你離死者號舍那麼遠，是不會有嫌疑的，我只是將你列為證人前來問話。」

或許秦得生的反應讓馮敬感到甚為滿意，也就沒有繼續追究下去。

「還有你這福建陳淡。」馮敬轉向陳淡。「你號舍離得更是遠，就算有多少強烈的動機，也不可能犯案。那麼兇手已經很明顯是誰了！」

聽到馮敬這樣的結論，在場所有人都難以置信，這樣短短的問話，就能抓出兇手？

「大人，真的知道兇手是誰了？」年輕士兵張尊在一旁驚訝地問著。

「你這小鬼幹嘛那麼猴急，我答應劉傻和林大人的事，當然就會做到。等到劉傻回來時，我就把兇手親手交給他去處置。」馮敬不疾不徐地說著。「你們這些考生可以回去號舍繼續考試，本官已經問話完畢。」

出乎所有人的意料之外，這場問話竟然那麼輕易就結束，好似馮敬內心早有答案。回到號舍繼續修改騰寫剩下的幾篇論述，陳淡偶爾抬頭望向遠方，那名冒失的施翰堂還是運用自己高超的墨法，埋首於自己的試卷。一路上看到施翰堂的種種行為，陳淡內心倒還很慶幸，像他這樣個性的人沒有上榜，要不然當上朝廷要員又會變成什麼樣子？

過了一段時間，天空飄起細雪，細細數來待在號舍內也已經將近三日，對於這種嚴寒的氣候，該說是習慣，不如說已經是種麻痺。

號舍外的視野，可以隱約瞥見黃民安遺體的一隅，由於不像之前的洪鈺，屬於染病身亡，死於非命的黃民安，恐怕不到案情真相大白，也很難入土為安。一想到生前如此風流倜儻的美男子，而今卻落到這樣的下場，過往的厭惡，反而完全消失殆盡，令陳淡昇起了無限的同情。

考巷巷口又傳來了微弱的解鎖聲響，看來劉大人如期在一個時辰後回來驗收結果。還沒聽到傳令兵的高亢嗓音，馮敬一行人已經跪坐在考巷大道上迎接劉大人的來臨。

「報，主考官許大人駕到！」

出乎眾人的意想之外，到場的竟是主考官高揚先生許思恪。高揚先生的身影，正好就停在陳淡號舍前的視野內。和先前的副考官劉大人一樣，肩上披著華麗的棉襖，身上又是高貴的官袍。身為殿閣大學士的高官，神情嚴肅不苟言笑，鬢髮更是打扮得一絲不苟，年紀看來和劉大人相若，然而果如洪鈺他們那晚在客棧內所稱的那般相去不遠，散發的儒者氣息確實不同凡響。

殿閣大學士堪稱每一個讀書人最嚮往的崇高地位，如今卻直接出現在眼前，令陳淡有些坐立難安，早已起身正坐舍內，並不時伸頭探望。

也許很多考生終其一生在貢院內不同考巷的號舍四處奔波，也未必能有機會同時見到副考官與身為殿閣大學士的主試官，說來也算得上是種奇遇。

這突如其來的訪查，讓已經打好如意算盤的馮敬，有些招架不住。原本設想這件命案可以在劉大人的處置下，逐漸小事化無，一旦主考官高揚先生插手之後，事情恐怕沒有那麼容易可以解決。

「巷長馮敬就是你吧？」高揚先生問道。

「是的，回報大人，小的正是巷長馮敬。」馮敬顯得相當惶恐。

「我已聽聞『秉直』考巷這兩日接連發生命案，是怎麼一回事？」高揚先生雖然好聲好氣地說著，語氣中卻可以充分感受到責備的口吻，所展現的威嚴更是不在話下。

「回報大人，兩日前身亡的浙江考生洪鈺，係因原已身染重病，加上又捱不過咱們北方嚴寒的氣候，所以不幸身亡。」

「那『漳州國順』的命案，又是怎麼一回事？此人可是國家未來的重要棟樑，為何沒有通報？」高揚先生瞇起雙眼說著。

「這——」馮敬有些遲疑，面有難色。「已通報副考官劉大人——」

對於馮敬的回答，高揚先生不甚滿意，沒再繼續搭理，逕自走向黃民安的陳屍處，彎身翻開覆蓋其上的草蓆檢視。

「死因為何？」高揚先生冷問道。

見到高揚先生的舉動，馮敬趕緊起身陪在一旁，並迅速答道：「喉部遭人以利物刺傷致死。」

黃民安的死狀相當淒慘，原本俊美的臉孔，或許因為驚恐，變得扭曲變形。雙眼睜得奇大，好似生前最後一刻見到了什麼奇形怪物。喉部的中央偏左，有一個深邃黑孔，大約小指的寬度，那便是致命的傷口。自喉部而下，上半身和側臉，都被鮮血染得其紅無比。但由於死亡已有一段時間，部分血漬已經轉而發黑。

「兇手是為何人，可有頭緒？」檢驗完屍體後，高揚先生問道。

「回報大人，這——」馮敬欲言又止。

「報！副考官劉大人駕到。」

傳令兵的高亢嗓音，似乎解救了馮敬的困境，但或許也可能是另一個尷尬場面的開始。

「喔，是劉大人——」高揚先生見到副考官劉大人後，兩人相視鞠躬，並作揖行禮。

儘管劉大人滿懷疑惑為何高揚先生會在這裡，但還是禮貌性地回禮。

「許大人，下官甚為羞愧，竟不知大人也來查案，這種考場小案，還是由下官負責即可，毋須勞煩大人。」劉大人一改之前的凜人氣勢，而今語調顯得相當柔和。

「劉大人，這事可非同小可，如此戒備森嚴的國家試場，竟出現如此不堪的兇案，本官必要親自徹查到底。」儘管劉大人帶著畢恭畢敬的口吻說著，高揚先生還是嚴厲以應。

「許大人，此地巷長馮敬已答應過，在一個時辰後的現在，必會糾出兇手，將案情察得水落石出。」劉大人邊說邊看著馮敬，讓馮敬不自覺地鼻翼扇動。

「喔——」聽到劉大人這麼說，高揚先生倒是有些出乎意料之外。

「許大人想必尚有其他要務在身，且將此事交由下官辦理。」劉大人以勸誘的語氣說著。

「不可！既已插手，必要有個滿意答覆方可收手！」

見到高揚先生那麼不領情，劉大人輕皺眉頭，卻也拿高揚先生沒有辦法。

「馮敬，調查的結果如何？」劉大人直接把所有矛頭全部推向馮敬。

「回報大人——」馮敬面色有些蒼白，在細雪紛飛的考巷大道上更顯得慘淡。

「已向所有死者周圍號舍的考生問過案情，案發之時除了風雪以外，皆無異狀。」

「那你說的兇手又是誰呢？」在主官面前必須維持形象，但對於馮敬這樣的答覆，還是令劉大人相當不滿。

「大人，小的便是由此判斷兇手是為何人。根據這些考生的說詞，睡得睡，醒得醒，卻也沒有任何人離開過號舍半步。這點不但執行巡邏的士兵可以證明，案發那時雪地上的足跡，又僅有士兵往來巡視的痕跡。這些證據皆指向考生沒有嫌疑。」

「馮敬！不是我不願聽你訴說哪些人是否清白，我和許大人尚有諸多要務在身，且請盡快交出你答應過我的兇手啊！」劉大人已愈形不耐，口氣逐漸加重。

「呃——這樣戒備森嚴的考場，考生自然不可能擁有利物足以行兇，唯一能夠自由攜帶利刃進出考場的，也只有咱們士兵了。根據案發前一名巡邏士兵周定的供詞，黃民安那時尚還安在，因此唯一可以行兇的便只剩下那名新兵張尊！」一直低頭說話的馮敬，突然抬頭瞪了張尊一眼。

「很好，之前我早懷疑那名士兵形跡可疑。」對於馮敬確實交出一名犯人足以交差了事，劉大人甚感滿意。

「兩位大人，冤枉啊！我只是恰巧在巡邏時發現死者，為何要說我是兇手！」被指為兇手的張尊神情相當慌張，連忙磕頭喊冤。

「張尊！你以為咱們不知道你在考試前的檢驗過程中，就已和死者黃民安起過口角爭執，或許就是那時結下了什麼樑子，讓你懷恨在心，因此藉故殺了他。」馮敬冷冷地說著。

「這——哪有這回事！」張尊睜大雙眼無法置信。

「好了好了，兇手和動機都有了，再來只要將這張尊藏匿的兇器找到，案子就可了結。唉，這些爛兵的素質真是一代不如一代。」劉大人說完揮手吩咐。「來人啊，將這名殺人犯給我拿下！」

「劉大人！冤枉啊，你很清楚兇手不是我吧！我何必還大老遠跑去明遠樓請仵作來驗屍！」張尊跪在地上不停喊道，不過劉大人也只是別過頭去。

「快拿下！」馮敬繼續吩咐其他士兵行事。

「慢著！」一直在一旁的高揚先生，再也按捺不住，伸手阻止。「劉大人，現今已經舉國蕭條，是需要力圖振作的時候，想不到大人處事竟是如此草率，可讓人甚感失望！」

「許大人，出此重話是為何意？」劉大人眉頭深鎖，甚為不悅。

「明眼人也看得出來，這案子沒有那麼簡單，劉大人您是怎麼了？公務煩身？想要草草結案休息？」

「你！」劉大人瞪了回去，卻也無法回言。

「我記得九年前的那場大雪中，劉大人負責的考區也發生過類似的案件，當年事後才得知有此奇事，雖然最後草草結案，但還是心有疙瘩。這次的受害者黃民安，算來也是你們閹黨的人。雖然咱們兩人立場不同，但閹黨也好，東林也好，咱們的使命就是為國舉才，這種考場醜聞，別想就這樣壓下。聖上對於九年前的那件懸案，一直耿耿於懷，要再這樣壓下，哪天聖上一個不悅，我想在場大部分的人恐怕都會遭殃。」

「許大人，你我既然道不同，就不相為謀。我有我的行事方式，你且不要插手。」高揚先生的那番話語，似乎激怒了劉大人，讓他語氣愈來愈激動。

兩人向來屬於不同黨派，對於行事上也總是水火不容，之前的緩和氣氛，也不過是官場客套。

「若我堅持就要插手，你又奈我何？」高揚先生挽著長袖，濃眉倒豎，誓不相讓。

「哼，插手便是插手，九年前翻破整間考場，就是尋不著兇器，更遑論兇手，而今你若硬要將事情鬧大，傳到聖上耳裡，別說我官位不保，連你的那頂烏紗帽我看也會一同摘下！」

「劉兄此言差矣！你我都近古稀之年，為國舉才多時，還要戀棧？哪怕是告老還鄉，為了弭平國途動盪，只要是奸惡，我也一定要親手拿下！」高揚先生情緒激昂，大聲地說著。

劉大人與高揚先生大眼瞪小眼，卻因為高揚先生畢竟還是官位高了一階，也只能聽命行事。但劉大人還是氣不過，決定反抗命令，大聲斥令：「把那名殺人兇手張尊給我拿下，押入大牢！這件案子就此了結！」

「混帳，你想違抗命令！」一向展現儒者氣息的高揚先生，竟然勃然大怒。

「你們這些爛兵，還不快把張尊押下！」劉大人繼續對著面前的士兵喊著，卻也沒有人敢輕舉妄動。

「好，很好，劉應義，你擺明就是要跟我作對！」高揚先生向前跨了一大步，對著士兵大喊。「給我聽清楚，劉大人都說將張尊押下，還不聽令！還有不僅僅是將張尊押入大牢，所有在黃民安號舍周圍的考生也一律停止考試，一併押入大牢等候案情釐清，揪出兇手再行發落！」

聽到高揚先生的命令，讓在場所有士兵一陣錯愕，但見到他盛怒的表情，開始有人陸續離開原地，前往各個號舍抓人。

不久，陳淡的號舍前出現一名士兵，儘管還在謄寫試題，眼看就要完成，卻還是被無情地抓了出來。

三年來的心血，會不會因為這樣的下獄就此化為烏有？暫且別說這場考試還能不能如期繼續舉行，要是一個不慎，反被誣為兇手，又該如何是好。儘管心中滿是不甘，屈於主官命令，這群考生也只能聽令行事。

天空還是飄著細雪，然而高揚先生的怒氣，卻還是令在場所有人無不懾服。

卷六

時間：明思宗崇禎七年
　　　會試第一場　第三夜

地點：貢院地牢

「唉呀，怎麼會那麼倒楣！那黃民安算是哪根蔥，不過是死了而已，幹嘛牽連到咱們這干人！」陝西舉人戴睢自從被押入大牢後，就一直唸個不停。

貢院地牢就位於貢院深處，原本是用來暫時羈押一些舞弊或是違規的考生，但這些受到黃民安命案牽連的考生，也同樣都被押入大牢中，保留所有置於號舍內的物證，等候命案釐清。

大牢內除了四散的雜物和那堅固的鐵柵門外別無他物，而環境更是陰暗潮濕，不時傳來陣陣惡臭。鄰近的幾間牢房，裡面還關著幾個零星的犯人，由狼狽的模樣看來，關在此地也有好一陣子。

「混帳！多虧我那晚還和『漳州國順』相談甚歡，竟不過是個弱不禁風的毛頭小子，人死就算了，如今還能拖人下水！試題根本就還沒完成，呸！」老者施翰堂面色凝重，一同附和戴睢的咒罵。

相較而言，與戴睢同為陝西舉人的胞弟戴樑，不但沒有兄長那般兇神惡煞，反倒是生得眉清目秀，和其他人一般，只是靜靜坐在牢房內不發一語。

如同高揚先生的命令，所有在黃民安號舍附近的考生，全部被捕入獄。陝西戴睢、北直隸施翰堂、湖廣任鐘、國子監生謝庭、四川秦得生以及福建陳淡皆無一倖免。不僅如此，就連發現屍體的士兵張尊和前一名巡邏士兵周定，也一同下獄。而不過正好因為號舍與黃民安背對背相連，位於另一條「庶幾」考巷的戴樑也同樣被硬生生從隔壁考巷中挖了出來。
在場的所有考生，即使沉默不語，卻還是可以深深感受到每一個人沉重的心情。不用想也知道，殺害黃民安的兇手，甚至是更早的洪鈺死因，都不是他們關注的焦點。儘管對於他們的遭遇深表同情，但現在對自己最重要的，當然還是這三年才有一次的會試。這場考試若是這樣就在牢獄中度過，這三年來的心血，也就完全宣告泡湯了。
「哼，混帳爛兵，現在也跟咱們一樣身陷牢獄了吧？」生來高大的秦得生，也許是嚥不下這口氣，起身一跛一跛向前走去，一把就抓起坐在另一角的年輕士兵張尊。
「要宰要殺，都認你處置吧！我看我小命也快不保了——」被一把抓住的張尊有氣無力地說著。
一旁的士兵周定見到同伴受到侵犯，趕緊向前想要拉離兩人，不過秦得生的力氣比想像中還要大上許多。
由於秦得生的動作過於激烈，讓他的身上的布袍變得凌亂不已，露出了雙腳的凍傷疤痕，發黑糜爛的膚色著實嚇人，也影響到他的行走步伐，不難想像他對於這些貢院士兵有多痛惡。
「唉，秦兄，不要這樣！這名年輕士兵並不像其他年長士兵如此跋扈囂張啊！」陳淡眼見秦得生可能就要錯傷好人，趕緊向前勸說。

「是阿，秦兄，並非所有貢院士兵都是那麼惡質，有些也不過是聽命行事，饒了他吧。我看這張小兄弟和這位周兄都屬於老實人，不然也不會這樣被陷害入獄。」謝庭在一旁也加了幾句。

看向周定，年紀三十來歲，平實的八字眉，確實和張尊一樣擁有著和善的面容，不似其他囂張跋扈的貢院士兵，說起話來都還算客氣。

聽到兩人的勸說，原本盛怒的秦得生，逐漸鬆開緊握張尊的雙手。

「哼，那個狗屁巷長馮敬，我可要好好記住他那醜陋的嘴臉。我秦某發誓要有一日飛黃騰達，絕對要殺個他狗血淋頭。真是個混帳東西！一路夙夜憂勤，苦讀至今，三年前好不容易考了五次終於中舉，成為地方士紳，好歹也是個有頭有臉的人物，卻讓我第一次進京赴考就出盡洋相，士人尊嚴盡失，此仇不報誓不為人！」秦得生儘管後來表面上對馮敬必恭必敬，實際上卻還是恨之入骨。

「唉，先別說這些了，我看那些爛兵一輩子就只能當爛兵，對咱們這些士人眼紅，才會這樣。咱們只要捱得過這漫長的會試，要是一個中榜，進入朝廷當官，這群爛兵不扒著你搖尾巴也很困難！」體型矮小的任鐘還是一貫地用他那快速的語調一口氣說完。

「真是愈想愈氣，這樣硬生生將咱們全部捉下，試題根本就還沒寫完，我看又要再三年了，到底要考到何年何月才能上榜——」戴睢無奈地說道。

「兄長，別那麼絕望啊！」戴樑說道。「也許待會兒案情就能水落石出，好在我七篇論述已經完成，剩下也只是在消磨時間枯等罷了。」

「樑弟可真幸運，我謄寫速度沒那麼快，現在可還有兩篇論述沒有完成，我看這次考試也沒望了，全看樑弟你了！」戴睢一改深鎖的眉頭苦笑著。

看到這對兄弟檔，竟然能夠同時成為舉人，想必在當地鄉里必然傳為佳話。陳淡不禁想到，要不是自己身處「耕讀世家」，經濟許可的話，以兄長的文學造詣考上舉人，只是時間早晚的問題，這種兄弟一同進京赴考的場景，或許也不是那麼遙遠的夢想。

「我說這位兄弟──」一直聽著這對兄弟對話的施翰堂，突然伸手輕拍了戴睢一下。「你今年是第幾次參加會試？」

「第三次了，都過了十年。我可沒胞弟那般天資聰穎，光鄉試就考了三次，十年又十年這樣過去，都不知道自己人生有何意義。胞弟可是一試中舉，這次是他首次進京赴考會試。」戴睢說起自己的胞弟戴樑，多少帶有一些自豪。

「哈哈哈──」施翰堂聽了竟然放聲大笑。「會試也不過三試落第，你瞧瞧我這把年紀，我可是打從有記憶以來，就一直在考試，你要問我人生是為何物，我只能告訴你書本是說要造福天下蒼生，所以一定要努力求官。管他用什麼方法，能當到官，之後什麼都好說。」

「施兄這麼說也有道理，但我看那浙江舉人洪鈺也可真是倒楣，不但葬身考場，死前一晚還落得那般狼狽下場。」戴睢竟出奇與施翰堂甚為投緣，兩人聊了起來。「之前略有接觸，才知道他是來自家鄉的『耕讀世家』，家族翻身眾望都依附在他身上，想不到卻還是因為年輕氣盛，不知進退，才變成這般下場。想來也是慶幸，我和胞弟本身就來自書香世家，父親在家鄉是開學堂的，自小耳濡目染，雖然不甚喜愛詩書，但也是為了完成父願，才勉而為之求官，實在無法想像洪鈺那種『耕讀世家』是要怎麼熬出頭的。」

「喔，原來大家都有自己的無奈啊——」任鐘也湊進了兩人的話題。「小弟這回可是第四次會試，當年也是一試中舉，在鄉里上傳為美談，未料該說是少年得志大不幸，從那之後可是再也沒嚐過上榜的喜悅。祖父原是朝廷要官，未料觸犯聖上，遭受貶官命運，最後又被魏賊忠賢陷害客死湖廣，家道也就此中落。為了復興祖業，也只能走上這條求官之路了。」

「那這位謝兄的來頭呢？」戴樑好奇地問著。

「唉，他可命好，不像咱們一路苦讀而來，是那高高在上的國子監生，可以直接參加京師會試呢！」施翰堂搶先回答，由語氣和內容更不難聽出那反諷的意味。

聽到施翰堂都這麼回答了，謝庭也只是草草瞄了他一眼，沒有要插入話題的意思。

「那這位福建小弟呢？看來真是年輕，應該是童試、鄉試一路都很順遂，扶搖直上的吧？」這次反倒是秦得生率先問起一直坐在身旁的陳淡，一改之前憤怒的表情，現在心情已經平靜許多。

「這——」陳淡相當遲疑，不知道該如何開口。

一想到那洪鈺原來也和自己一樣來自耕讀世家，更令陳淡百感交集。一直以為那晚在清風客棧看到洪鈺不愛搭理同伴的舉動，是源於自我優越，才會那般恃才傲物。但如果與陳淡同樣來自於耕讀世家，對於一些世態炎涼，人情冷暖，或許會比其他人觀察來得入微，這也是陳淡為何那麼不喜歡士人之間虛偽交流的主要原因。與任鐘同樣背負復興家業甚至是光宗耀祖的重擔，但相較之下，來自「耕讀世家」的洪鈺和陳淡，還是苦了許多。真不知道在洪鈺家鄉等待的家人，該怎麼面對這樣的事實，一想到此，眼眶濕熱的陳淡更是難以言語。

「咳——咳」隔壁牢房原本沉睡的犯人，被他們的交談聲吵醒，假咳了幾聲。「我說，怎麼會有新的客人啊？你們是集體作弊被捕入獄？」

這名犯人的囚衣早已破爛不已，身上更是沾滿污垢，披頭散髮，鬚髭更是凌亂不堪，許多地方的毛髮更已經糾結成塊，令人作嘔。

「非也非也，咱們可是受到命案牽連被捕入獄的。」戴睢答道。

「喔，外面現在可是春季？」犯人伸出骯髒的右手屈指算著。「算一算也是會試期間啦。」

「敢問這位大哥，在這多久啦？」戴樑問著。

「哈哈──」犯人咧嘴而笑，並無奈地聳聳肩。「也許快十年了吧！」

「那是什麼原因被捕入獄？」戴樑繼續問道。

犯人俯而不答，接著又是一陣輕蔑的狂笑。

「這──」看到犯人的情緒有些不穩，戴樑也就作罷。

「那你們又是發生了什麼命案？不是正在考試嗎？」隔房的那名犯人，透過鐵欄縫隙，又突然開口問著。

「這說來可就離譜──」正好就位在犯人隔壁的謝庭說著。「這種戒備森嚴的考場中，竟然發生離奇命案。位於號舍內的一名考生，竟然遭到利刃刺傷致死，就連負責巡邏的前後兩位士兵都沒有見到任何考生離開過號舍，那兇手可就這樣消失地無影無蹤。」

原本有氣無力的犯人，聽到謝庭的話語，突然睜大雙眼難以置信，激動地伸手穿過鐵欄縫隙搖著謝庭：「命案時可是暴風雪夜？刺傷部位是否就是喉嚨？」

「這──」謝庭感到驚訝無比，不僅是他，在場的其他人也被犯人的這句話語嚇了一跳。一直關在這大牢內的犯人，怎麼可能知道命案那夜下著暴風雪，更不可能知道致命傷口就在喉部。

「太離譜了！實在是太離譜了！」犯人放聲狂叫著。「竟然和當年的命案如出一轍！」

「這位大哥失敬了，一直聽聞九年前考場內也發生過類似的命案，方才聽聞大哥待在此地也近十餘年，不知是否了解九年前發生過什麼事情？」陳淡問道。

「豈止知道！豈止知道！我根本就——」犯人激動地緊抓著鐵欄，努力想要向陳淡作出解釋，卻已經語無倫次。「主考官是誰？」

「殿閣大學士高揚先生許思恪。」謝庭答道。

「可知林炫這人現在何處？」犯人胸前不斷起伏，努力克制情緒。

「這——」秦得生皺眉思考。「倒沒聽說。」

「現在是貢院士兵長——」陳淡插了一句，畢竟不是每個人都和自己一樣，在貢院入口處，有受到士兵長林炫的刁難。

犯人聽聞後情緒又變得更為激動，緊握雙拳不停搥地，淚水更是潸然而下：「混帳！這混帳現在竟然當到士兵長啦！太沒天理啦！太沒天理啦！」

「到底是怎麼一回事？」在一旁看得一頭霧水的任鐘小聲地說著。

「唉——」犯人收回早已搥得滿是鮮血的雙手，長嘆了一口氣。「不瞞各位，在下就是九年前那件舉人暴斃事件的受害者。受到當時巷長林炫和副考官的聯手誣陷，被捕入獄的貢院士兵李鍊。」

「這——」年輕士兵張尊雙眼呆滯，如同行屍走肉般移到了李鍊面前，透過鐵欄縫隙輕搖著李鍊肩膀。「前輩——你可就是李鍊前輩？自我入貢院擔任士兵以來，就有聽聞這件命案，每每詢問其他長輩，卻也沒人願意多提，只說那時的巡邏士兵李鍊涉嫌重大。那副考官可就是那劉傻劉應義？」

「哼，你們現在也叫劉傻。」李鍊搖頭苦笑著。「沒錯，當年就是因為懸案難破，那群高官為了保住自身官途，副考官劉應義和巷長林炫聯手栽贓，讓我成了代罪羔羊被捕入獄，但因為缺乏確切罪證，也遲遲無法判刑，一關就將近十年，我早也絕望了。看來他們那些當初陷害我的人，可是踏著我的屍骨，官階又往上一級啦！」

「混帳劉傻和那狗屁馮敬，竟然也想栽贓於我！」張尊說著說著流下了眼淚。「我家尚有老母待養，自小就為奴僕，後投入軍旅，幾經輾轉，才進入貢院擔任士兵，本以為可就此安心過日，而今卻也成了代罪羔羊——」

張尊看到眼前前輩李鍊這樣的下場，自然是會急得哭了出來。見到張尊傷心的模樣，周定趕緊向前安慰：「張弟啊，也別如此絕望，這次和九年前還是有不同之處，便是那高揚先生已經插手，不願讓劉傻和馮敬那幫惡棍就此草草結案的決心，我想咱們下獄前也親眼見識過，還是放寬心吧！」

「咦？你們剛剛說的那巷長可是馮敬？」李鍊睜大雙眼問著。

「是啊！此人跋扈囂張的嘴臉，我這輩子都不會忘記的！」秦得生惡狠狠地說著。

「啊？馮敬？跋扈囂張？不會吧？」李鍊難以置信。「當年他也只是個像張小兄弟這樣有抱負的年輕小夥子，和我一樣對於一些士兵內流傳的陋習甚是痛惡不已，尤其是欺壓考生和收賄那種要不得的行為，就算當上巷長怎麼可能會跋扈囂張呢？」

聽到李鍊的話語，在場的所有人什麼也沒說，幾個人更是露出了無奈的苦笑。只有秦得生情緒激動解開自己的鞋子：「狗屁倒灶！你自己看看，這就是我被那混帳惡整，赤腳踏在雪地上老久的凍傷鐵證！」

「哈哈——」李鍊看了那怵目驚心的糜爛傷口，竟然放聲大笑，但眼角卻泛著淚水：「變了，變了，這麼多年來什麼都會變的！這種險惡的環境，就算再有雄心壯志，也會同流合污的！」

「話別這麼說，高揚先生堪稱當今清流，既已插手，想必能讓案情水落石出。」同為東林黨人的謝庭，幫著自家的高揚先生說著。

「這倒也不用太期待，那些高高在上的大官們，鎮日鬥個你死我活，到底孰是孰非，我想也很難說。」任鐘似乎對於高揚先生也不是非常信任。

「唉，這倒也是。那些貢院士兵的靠山就是閹黨，那個副考官劉應義便是其中一員。身為東林黨要員的高揚先生，我看也拿他們沒轍吧！」李鍊也贊同任鐘的想法。

「李兄可能與世隔絕甚久，閹黨、東林歷來各有消長，魏忠賢專政期間可謂閹黨全盛時期，待魏賊伏誅，東林交替興起，然而當今聖上卻被奸臣蒙蔽，誤信滿人謠言，誤將袁督師處死，閹黨才又崛起。兩者之間勢力一直都是互相抗衡，現今閹黨又趨勢弱，高揚先生未必就拿他們沒有辦法！」謝庭說道。

「什麼？袁督師可就是那威鎮八方的關寧鐵騎袁崇煥將軍？竟然死了？」李鍊睜大雙眼相當詫異。

「呸！」戴睢啐了一口，相當不悅。「可別把那袁賊說得如此抬舉，昔日仰仗御賜尚方寶劍，擅殺毛將軍，早已不受聖上節制，又與滿賊勾結，聚兵京師而不還擊，其心可異，哪是什麼謠言，殺得好！殺得好！」

「哼！」謝庭冷哼一聲。「竟與無知群眾一般，憤恨忠臣，至今還認為袁督師勾結滿人，那可是連三歲孩童都能識破的離間奸計！」

不過謝庭聲調刻意壓低，也只有陳淡能夠聽見。畢竟中人離間的就是當今聖上，下令處死的也是當今聖上，這般拐彎抹角，到頭來罵的也是崇禎皇帝，諒誰再膽大也不敢如此明目張膽。

施翰堂雙眉微挑，本想開口插話，卻又把話吞了回去。或許身為北京直隸人氏的他，當年後金皇太極領兵親臨城下，鬧得滿城風雨，也不可能渾然不知，甚至都有可能親眼目睹這一切的腥風血雨。

雖然陳淡很清楚謝庭就是東林黨人，才會這麼一直替東林黨人說話，但陳淡也很清楚，當今士人的世界裡，非東林黨即閹黨，兩者之間壁壘分明，在未確認對方政黨傾向前，還是不要輕易報出自己的思想會比較恰當，或許施翰堂就是基於這樣的理由，才硬生生又突然止口。

一直以無黨無派自居的陳淡，或許因為魏忠賢屠殺東林黨人的佚事以及黃民安的閹黨傾向，讓他對閹黨沒有好感。即便如此，對於東林黨也還是抱持著保留的態度。但經過先前考場上的觀察，看到那些囂張的貢院士兵和閹黨劉應義的勾結誣陷舉動，與堪稱清流的高揚先生一相比較，自然還是會出現親近東林黨的傾向。

「李兄，小弟有些疑問想要釐清，當年的命案是什麼樣情況？」陳淡問道。

「當年啊——」李錬輕閉雙眼，細細回想著。「當年也是個暴風夜，在三更時刻雖然風雪已停，在我要前往和交接士卒換班準備巡視工作，卻發現那名士兵倒臥在一間號舍前的考巷大道，上前查看才發現他喉管湧血早已身亡。」

「啊？九年前的命案，死的是咱們貢院士兵，傳聞聽到的是舉人吧？」周定聽了滿臉疑惑。

李錬微微頷首：「不僅如此，那時我也以為只有那名士兵遇刺身亡，待所有士兵湧入考巷進行清查，才發現士兵倒臥那間號舍內的舉人，也慘遭同樣的毒手氣絕身亡。但雪地上的足跡，卻只有我與身亡的那名士兵，並沒有其他考生離開號舍的任何足跡，因此才會被那兩名奸人陷害成為懸案代罪兇手。而說來更是離奇，那兩名死者的致命傷口，都是約莫小指大小的深邃傷孔，怎麼看也不像刀槍所能造成的。就這樣，到現在也還是無解，想不到那名來無影、去無蹤的幽靈殺手，在九年後又再次現身貢院考場。」

聽到李鍊細細道來九年前的懸案，陳淡愈聽愈玄，確實這相隔九年的兩件舉人命案，兇手是同一人的可能性非常地高。

「李兄，那麼當初身亡的舉人，和他附近號舍的考生配置，現在可還記得嗎？」陳淡神情認真地問著。

「唉，小兄弟，那懸案多年來經過多少人調查，也都沒有任何頭緒，我看你還是早日放棄，想想你們這次的案件要緊。當然如果你這麼想知道，我也還是可以把當年的配置圖畫給你看。案發後我可不知道看過幾次，早就背得滾瓜爛熟。」

李鍊才剛說完，就蹲在地上，伸出右指在積滿塵埃的老舊地板上畫起簡易的配置圖。

經過多次修改，李鍊總算完成了那潦草的配置圖。

陳淡伸長脖子，透過縫隙看了過去，中央的兩個「大」字人型，上面分別寫著曹元以及司馬興，位於號舍方格內的想必就是那名遇刺舉人司馬興，而在他前方就是那名倒臥血泊中的士兵曹元。司馬興左右兩側竟然瞧見熟悉的名字，不僅如此，就連死者對巷號舍內的名字也是熟人。位於司馬興右側的考生竟然就是那名老者施翰堂，而對巷的號舍內則同樣也是這次位於黃民安對巷的國子監生謝庭。

天底下竟會有如此巧合的事？同樣的暴風雪夜，類似的懸疑命案，又有重複的人物出現，為何九年前同在命案現場附近的施翰堂和謝庭，在這次黃民安事件時，竟對九年前的案件絕口不提？

或許九年前事件在副考官劉應義與巷長林炫的攜手合作下，最終沒有鬧大，或是在場的相關人士，經由威脅利誘，從此對這事絕口不提。要不是在大牢中巧遇當年受害者李錬，九年前的命案也很難從任何人的口中探出整個詳細過程。也許這也可以解釋為何這次無論是洪鈺之死，或是黃民安的命案，位於鄰近號舍的施翰堂總是無動於衷，因為對他而言，真的已經見怪不怪了。

即便是如此巧合，也很難說他們兩人涉嫌重大，這種考場位置安排，也由不得這些考生能夠選擇。就算位於黃民安號舍隔壁的戴睢，也不能就此斷定嫌疑重大，一方面整個考巷，根本沒有考生離開過號舍的痕跡，另一方面又尋不著關鍵凶器，確實讓整件案子也陷入死胡同中。

「這還看得懂嗎？」李錬問道。「有發現什麼線索嗎？」

「嗯，確實和這次的命案非常相似，且容我好好想想——」陳淡說完隨即陷入沉思。

從李錬的反應，也不難判斷他認不得施翰堂和謝庭，或許當初他也只是熟記考場配置考生名稱，並不了解這些人究竟是誰。畢竟當年不像這次有高揚先生插手，是在劉應義和林炫的誣陷下草草結案，李錬也沒什麼機會私自和那些命案鄰近的考生接觸。

經由先前的交談，也可以得知，除了戴睢胞弟戴樑和四川舉人秦得生外，其餘考生也參加過九年前的會試，或許同在一個考巷也不一定。

「淡弟，可有頭緒？」謝庭湊進陳淡小聲問著。

陳淡沒有回應，仍然盯著隔壁牢房的那張考場配置圖思忖著。

「啊——」謝庭赫然發現地上那塊潦草的配置圖上出現了自己的名字。

「謝兄九年前會試可也正好位在死者對巷？」陳淡問道。

「唉，實不相瞞，九年前在我初次應試之時，號舍位置確實就在死者對巷。」謝庭壓低嗓音說著。「但那時根本不知道發生什麼怪事，大半夜士兵湧入，沒一會兒就陷入一片混亂。那時只知對巷考生身亡，卻也不知是為何故，消息全被封鎖，最後也就不了了之。若不是方才聽到李鍊那一席話，壓根兒也沒想到當年對巷的考生就是九年前那傳聞甚久的舉人暴斃事件受害者。」

「這——」陳淡有些遲疑。「那謝兄對於死者隔壁就是施翰堂的巧合有何想法？」

「這真是扯到有些令人匪夷所思，光是九年後的今日出現類似命案，就已經非常離奇，想不到當年施翰堂也恰巧位於死者隔壁。但這也很難說，一整條考巷，就有上百名考生，這樣的巧合也不是不可，就連自己兩次都正好位於死者對巷，真不知該如何解釋——」謝庭滿臉疑狐。

「那當年也剛好是在『秉直』考巷？」

「這倒不是，九年前距今甚遠，也不是那麼記得。但還依稀記得，考場是在東闈場，而不是這次的西闈場。」

「咦？印象中東闈場的布局，並不似西闈場這般各考巷兩兩相對——」當初僅是一瞥，陳淡自己也不是非常確定。

「喔，這淡弟就有所不知，由於自幼就在京師成長，閒暇時總會來貢院遊蕩一番，因此對於貢院變革甚是了解。早在成祖年間貢院初建之時，所有考場都像咱們現在西闈場這般的木造號舍。後來因為考生逐年增加，又將所有考場改建為當今東闈場那樣橫列並排的密集考巷。不過在英宗天順年間，一次的會試中因為考生使用燭火不慎釀成大火，造成九十多名鎖在考巷內的考生全被燒死，而後才又改回現在西闈場這種較為寬鬆的配置模式。但隨著考生愈來愈多，儘管貢院不斷擴建，還是比不上考生的增加速度，遂又將東闈場改以磚造的密集考區，現今西闈場雖還保留先前較為寬敞的對巷配置，但傳聞幾年後也會改建。」

經由謝庭詳盡的解說，陳淡總算理解為何東、西闈場會出現不同的考巷配置。不過九年前命案發生在東闈場，而這次是在西闈場，兩者之間似乎也不完全是那麼巧合。

「所以說當年發生在東闈場命案的號舍也像咱們這次是木造建築，而不像現在的東闈場是磚造建築？」陳淡問道。

「便是如此。三年前會試，我是在東闈場進行考試，磚造號舍雖也難睡，還是比木造好了許多，至少不像現在木造號舍那麼容易出現強風鑽縫而入。不過三年前的春闈，雖也寒冷，但不像這次還遇上了大風雪。」謝庭這次的會試也飽受寒風之苦難以入眠。

聽到謝庭這番話語，倒是讓陳淡想到這前後的兩件命案，都是在木造的號舍發生。在木造號舍內住了將近三天，陳淡也很清楚，儘管這些號舍再怎麼精工細巧，還是不時會有強風灌入，也意味著那三面牆壁還是存在著細小的縫隙。位於黃民安左側的洪鈺空舍不說，另一側的戴睢或許就可以藉由牆壁縫隙做出什麼手腳。也難怪明明位於另一端考巷只是緊鄰黃民安號舍後方的戴樑，也會被高揚先生一同逮捕下獄，或許就是考量到這一點。

想到這裡，陳淡又看了一次那塊在隔壁地上的配置圖，雖然被李錬的雙腳，不經意抹去了大半，但還是可以看出位於死者司馬興另一側的考生叫做何宇。儘管在這次被捕入獄的名單中，並沒有這號人物，但事情都已過了九年，究竟這名當初叫做何宇的考生，這麼多年來會不會已經改名其他人物，這也已經無從得知。

地牢入口傳來了急促的腳步聲，讓原本還有零星交談的大牢頓時安靜下來。該不會是案情已有斬獲，高揚先生派人前來通知，還是已經查出兇手就是他們其中一員，確實讓在場的所有人全都忐忑不安。

腳步聲的主人總算現身，原以為應當只是個貢院士兵，想不到卻是一名身穿金黃官服，腰配繡春刀的中年男子。這名男子濃眉倒豎，頂上半白毛髮已然稀疏，臉上的僵硬表情一看就非常不好招惹。

「錦衣衛——」年紀輕輕卻見廣多聞的戴樑，一眼就看出那名中年男子的身分。

「看來高揚先生可找來錦衣衛和閹黨抗衡啦！」任鐘刻意壓低嗓音小聲說著。

任鐘之所以會那麼謹慎小心，也不是沒有道理。這種錦衣衛隸屬於中央的情治單位，獨立於正當體制外，可隨意監督緝拿臣民，要是一個不慎，很可能都會惹禍上身。類似的情治監督機構，在歷代皇帝不同的親信程度下，尚有東廠、西廠和內廠，裡面的特務都不是討喜的人物。

「這錦衣衛當真鬥得過那三大廠嗎？」戴睢輕聲道。

戴睢的疑慮也是有其考量，原本錦衣衛和東廠等機構屬於平行地位，但東廠、西廠、內廠三廠首腦歷來都以宦官為首，而這些宦官往往又是皇帝的寵信，也使東廠地位逐漸凌駕於錦衣衛之上。藉由錦衣衛的調查，就算能夠查明事件真相，但若還是受到以閹黨為主的劉應義和貢院士兵體系壓下，高揚先生是否可以順利破案，也令人相當質疑。況且這突如其來的錦衣衛究竟是敵是友，也無人知曉。

「各位大爺，這件考場懸案，已由咱們錦衣衛接手調查。雖然這件懸案，尚未有個結果，主考官高揚先生還是決定將你們全都釋放。第一場的考試雖然已經結束，但兩天後還有第二場。你們這些人置於號舍內的物品，全數交由咱們錦衣衛接手調查處理。雖然中一日的休息可以自由行動，或許會讓兇手有了逃亡機會，但只要是沒回來第二場報到的人便是兇手，就算追到天涯海角，也逃不過咱們錦衣衛的掌中，自己好好想想。」

這名錦衣衛語帶恫嚇地說者，右手還不時扣拉腰際上的繡春刀，威脅意味相當濃厚。儘管這名錦衣衛如此囟橫無比，陳淡卻莫名感到面熟，但不管怎麼回想，卻也說不出所以然來，所能做的也只有乖乖聽令行事。

雖然獲得釋放，對在場所有考生說來，可以說是放下心中一塊大石。但錦衣衛的介入，究竟是福是禍，也沒人可以保證。早在武宗年間，宦官劉瑾專政，東廠、西廠，乃至於錦衣衛皆為劉瑾死黨，一時廠、衛合流，橫行天下，待劉瑾失勢伏誅，亂事才暫告緩和。也許為了與閹黨和貢院士兵抗衡，東林黨反和錦衣衛結合，導致另一個霸權的興起，這也不是不可能的事。

隨著錦衣衛的引領，陳淡一行人總算步出貢院地牢，雖然重見光明，但也僅是朦朧的月色。又是一陣寒風吹拂，儘管途經秉直巷口，卻也無法再進入考場內完成未了結的第一場會試。到底這樣突然被捕入獄，對之後的考試會留下什麼樣的影響，也沒有人可以知道。戴睢瞄了巷口一眼，接著搖頭嘆氣，看樣子已然放棄這次的會試，只能將希望寄託在胞弟戴樑身上。

謝庭自從見到錦衣衛後變得神情黯淡，一路上也只是低頭不語，或許自幼便在京師長大的他，對於類似錦衣衛這種情治機構的殘酷，最清楚不過了。周定與張尊雖然也被釋放，但沒有隨著考生們步出貢院，反而一開始便匆匆回營報到。

走在最後的陳淡，可以清楚看見所有人的身影，究竟那名來無影、去無蹤的幽靈殺手是否就在他們之中，而那消失的謎樣凶器又是什麼，九年前的雙屍懸案又和這次命案有什麼樣的關聯，儘管絞盡腦汁，卻也只是百思不解。

抬頭仰望天空，雖然已經沒有那凍人的細雪，然而寒風拂面，卻還是可以清楚感受到陣陣刺痛。

卷七

時間：明思宗崇禎七年
會試中一日

地點：京師清風客棧

離開那狹窄的號舍和那充滿惡臭的地牢，陳淡總算又回到了舒適的清風客棧。折騰了三天三夜，發生了那麼多事，早令陳淡身心俱疲。一回到清風客棧，儘管謝庭熱情邀約一同用餐，但陳淡還是連晚膳都還沒食用，便回房倒頭大睡，而且一睡就到了天明。這種睽違已久的飽足感，讓陳淡一早起來便感神清氣爽，頭腦也清楚了許多。

同住在清風客棧的還有那老者施翰堂，但陳淡與謝庭對於這名老者的種種自私舉動並不是非常欣賞，也因此在前夜回客棧的路上，並沒有多作交談，一到客棧施翰堂也一下就回房休息。至於秦得生、任鐘和戴睢兄弟倆則借宿於貢院另一端的客棧，步出貢院便與他們三人分手。

一早的客棧大廳，便已有數名考生用著餐點。與三日前的那些面孔相去不遠，畢竟這些考生就像陳淡一樣，三天前就已經訂下了這九天的住宿，可以想見會回來的幾乎都是原班人馬。不過還是有些考生並沒有出現在客棧中，像是浙江舉人洪鈺與同鄉黃民安，便是不可能回宿的人物。不僅僅是客棧老闆，或許就連那些同鄉也不知道他們究竟被什麼事耽誤到了，沒有在第一場會試結束後回來歇息。

飢餓了一夜，陳淡總算可以好好用餐，期間看到了幾個疑似就是當初與洪鈺一同前來的浙江舉人，陳淡也不知道是否要將洪鈺的噩耗告訴他們。一方面僅是一面之緣，自己也不是很確定是否認錯；另一方面，這種事或許對他們而言也無關痛癢，到底說也只是失去了一個未來可以依附的機會，而並不帶有友情的存在空間。想到這裡，陳淡也只能作罷。

就在用完餐點，準備回房稍做整理，再出去購買第二場會試的備用糧食時，陳淡發現客棧大廳的一隅，竟出現了一名裝扮怪異的男子。那名男子用布包住半個臉部，讓人無法得知面容，靜靜坐在桌邊，自顧自地喝著茶。儘管看似沒有什麼的舉動，卻還是讓人覺得是在監視這裡的特定人物。也許還是有一些考生並沒有包下九天的住宿行程，多出的空房，客棧老闆還是租了出去，也因此這間原本已經被各地舉人預訂的客棧內，還是會出現一些非考生的一般民眾，不過是陳淡自己多心了。

直到出客棧前，陳淡還是沒有看見謝庭和施翰堂的身影，或許他們兩人也是身心俱疲，到現在都還在房內歇息。由於當初第三天的考試事出突然，文房四寶都尚未收善完畢便被捕入獄，陳淡可以想見四寶之首的毛筆應當已經乾涸損壞，且那些當初留置在考場的物品，若是作為證物沒收，再來的第二試也無法使用，因此這些用具也都是這次陳淡採購的重點。

不出所料，當陳淡步出客棧後，那名原本躲在角落的男子也有行動。不難推測，當初案情已經陷入膠著，高揚先生之所以會將他們全部釋放，就是為了接下來的計畫。那名男子八九不離十便是被派來監視他們的錦衣衛，想必住在另一間客棧的秦得生一行人，也會受到同樣的蒐證監視。

即使知道那名男子極有可能就是衝著自己而來，陳淡還是優游自在地前往京師市集採購。雖然就所有被捕入獄的人來說，陳淡算是與死者最為不合，也是擁有最明顯殺人動機的人，不過由於號舍實在距離死者太遠，也比較不用擔心會被定罪。

到了市集，陳淡在人群中竟然發現了任鐘的背影。

市集中人聲鼎沸，要不是聽見任鐘和小販連珠炮式的討價還價聲，陳淡也很難注意到他那矮小的身影。

「任兄，還可真巧啊！」陳淡向前拍了一把。

「喔，淡弟，真巧啊！」發現是陳淡後，原本爭得面紅耳赤的任鐘瞬間露出笑容。

「任兄也是來添購用品的吧？」陳淡問著。

「是啊！好好的考試就被中斷，我看先前的那些用品一定也會被列為證物無法使用。」任鐘顯得對於高揚先生匆匆將所有考生逮捕下獄相當不以為然。

任鐘的身後不遠處，有一名書生模樣的男子，不時望向他們這裡，想必極有可能是喬裝跟監的錦衣衛。

「還可真是折騰人啊！我看錦衣衛再怎麼搜查，也捉不到兇手！」說到錦衣衛時，任鐘的雙眼還刻意移向斜後方那名形跡可疑的書生，看來精明的任鐘也已經發現高揚先生的意圖，不僅是陳淡和任鐘，一路從秀才熬到舉人的考生，想必也都不是泛泛之輩。

「不知任兄對於案情有何看法？」陳淡很想知道任鐘對於這件案子有何看法，刻意試探性問著。

「依我看，這命案根本就沒有那麼複雜，正如馮敬所言，兇手極有可能就是那巡邏士兵張尊。」

「此話怎說？」聽到任鐘這樣的答案，倒令陳淡有些意外。

「我第一日考試入場前的驗明正身過程，正好就排在戴睢附近。那時一名年輕士兵不知怎麼搞的，哪裡得罪了戴睢，一直被他言語羞辱，而年輕士兵也只是拚命賠不是。我看那年輕小夥子可能是奴隸出身，被罵慣了，一點也沒有貢院士兵該有的囂張氣燄，想來也是可悲。同為權貴的黃民安，或許正如馮敬所言，也曾和奴家出身的士兵張尊不知在何處發生過節，才會懷恨在心藉機殺人，否則還真的找不出其他可能的兇手。」

「任兄，恕小弟冒昧直言，先前任兄說過參加過三次會試，不知是否還記得九年前的考試情形？那時是在東闈場還是西闈場應試？」陳淡神情嚴肅地問著。

任鐘原本還是一臉和氣，一聽到是九年前的事，尤其又在這個命案的敏感時機，整張臉馬上陰沉下來。

「胡說八道！聽誰亂說！」任鐘相當氣憤，緊皺眉頭瞪著陳淡。「九年前的事誰還記得！要不是這次被捕入獄，我才不會知道左鄰右舍會是哪些人！其他人是死是活，九天考完就拍拍屁股走人，我哪管那麼多！問這麼多幹嘛！」

任鐘一口氣說完所有的話語，若是一個不注意，很容易就會漏聽幾句，說完後更是瞪大雙眼，怒氣難遏。

明明任鐘前一天在貢院地牢內，自己脫口而出這次是第四次參加會試，想不到才過一天，竟然翻臉不認帳。

或許這樣隨意的質問，讓任鐘誤以為陳淡是在懷疑自己。不過陳淡也只是想要多搜集更多九年前的線索，好能找出兩件懸案的關聯性。

「任兄，我絕對沒有什麼惡意──」看到任鐘如此激烈的反應，陳淡也有些不知所措。

「哼！」任鐘冷哼一聲，將原本還拿在手上賞玩的物品，放回小販攤位後，頭也不回直接離去。

目送任鐘氣沖沖的身影，陳淡卻也不想追上前去。看到任鐘這樣異常的反應，更讓人覺得不可思議。

「哎呀，大爺，你們這些讀書人脾氣還可真是大啊！不買便罷，何必又要跟我爭論半天，真是的！」先前和任鐘討價還價的那名小販，忍不住埋怨起來。

「真是抱歉──」眼看自己搞砸了小販的一樁生意，陳淡感到有些愧疚，拚命賠著不是。

就在彎身道歉的同時，陳淡無意間發現隔壁攤位的童玩。

看著幾個小男孩，開心拿著攤位上的彈弓，倒讓陳淡眼睛為之一亮。一名小男孩更是撿起地上的石子，套在彈弓朝樹上猛然一射，眨眼間，小石子已經穿透無數綠葉不見蹤影。

陳淡看得入迷，回過神來，才發現那名一路從清風客棧尾隨至此的神祕男子，竟然消失在人來人往的市集之中。

儘管四處搜尋，卻還是只有熙來攘往的一般民眾，陳淡只好放棄，逕自逛起市集。

採買完畢回客棧的路上，那名神秘男子竟然又再次現身，繼續遠遠跟著陳淡。陳淡刻意繞路而行，經由拐彎的空檔，更能確定那名男子的意圖。陳淡自認行事光明，並沒有任何可疑，另一方面又想探聽案情，乾脆一個回身直接去找那名男子。

男子見到陳淡的靠近並沒有什麼躲藏行動，反而像是引導一般，走進了民宅間的暗巷中。陳淡儘管感到甚是怪異，還是隨男子進入暗巷。

「你是錦衣衛大人吧？」總算追上停在暗巷中的男子，陳淡劈頭就問。

「是的，還是被你認出啦，賢姪！」

錦衣衛並沒有躲避的意思，反而還掀開了原本遮住面部的布物，就是當初進入貢院地牢釋放他們出來的那名中年錦衣衛。稀疏的黑白髮，和他那老邁的額上刻痕，卻怎麼樣也沒有他那招牌的倒豎濃眉來得顯眼。

原以為這名錦衣衛會很驚訝被陳淡認出，但情況似乎相反，倒是陳淡更為吃驚為何他會如此稱呼自己。

「當真不認得我啦，淡兒？」錦衣衛竟一改嚴肅表情，露出了鮮有的親切笑容。

儘管陳淡覺得這名錦衣衛相當面善，卻也想不起來在哪裡見過，不過講話口音確實和家鄉的語調非常相似。

「我跟你父親可是舊識，我是王叔啊！」錦衣衛再補充了一句。

陳淡有些遲疑，不斷在記憶中搜尋這號人物。

「哼—哼—哼—哼—哼—」見到陳淡的疑惑，這名自稱王叔的錦衣衛小聲哼起了陳淡家鄉的南方民謠。

熟悉的旋律，讓陳淡也不由自主想要一同哼唱。突然，陳淡大叫了起來：「啊，原來就是那個王叔啊，怪不得一直覺得那麼面善。」

陳淡總算想起，這名錦衣衛就是父親的舊識王遠品，由於從小就與父親一同長大，因此交情甚為深厚，陳淡幼年時還見過很多次面，對陳淡這名友姪也一直疼愛有加。在模糊印像中，只記得王叔從軍離開了故鄉福建，經過了十多年，想不到現在卻是在朝廷當起錦衣衛。而剛才王叔所哼唱的那首南方民謠，便是他在陳淡兒時所教的。

「唉，昨夜先是看到被捕入獄的名單上出現淡兒名字，原以為只是巧合，但看到又是來自福建漳州，便有預感會是勇兒的二子。直到見了面，更確定沒錯，只是礙於執行公務也不好相認，今兒個只有易裝而行，伺機接近。」

「王叔，真是好久不見。」陳淡向王叔微微頷首。

不知為何，得知這名錦衣衛就是父親舊友後，對錦衣衛反倒沒有以往那般神祕色彩與厭惡感，甚至是王叔的笑容，此刻讓人感到格外和藹可親。

「可不是嗎，竟然捲進這種怪案，想必也讓淡兒受了不少無妄之災。」王叔板起臉孔，又將布物遮住臉部。「這裡不好交談，要是被同僚見到我與被查者如此談笑風生，必會造成誤會，且跟隨我先到別處。」

聽到王叔這麼說，陳淡也只能照做。看來王叔果真是受了高揚先生之命，負責跟蹤這些涉有嫌疑的考生。

經過幾回的拐彎，已經不知道到了什麼地方，但陳淡還是跟著王叔進入了一間不起眼的破爛民宅。

「淡兒，這裡甚為隱密，且請安心歇息。」王叔邊說邊把布物拿下，接著在民宅內找來了兩張舊凳，自己坐了一張，另一張則請陳淡就坐。

「離開故鄉福建也已十多年，想不到淡兒已成堂堂舉人，真可謂咱們漳州人的榮耀啊！」卸下錦衣衛嚴肅的神情，王叔讓人感覺相當平易近人。「不知令尊和令兄現在過得如何？」

儘管非常感念對於父親這個至交，王叔是如此地關切，但卻還是讓陳淡有些難以開口。

「家父——」陳淡停了一會兒。「在多年前已經因病過世，而家兄為了繼承父親農作和支拄我的仕宦之途，毅然放棄科考，在家鄉過起佃耕生活。」

「唉呀——」王叔顯得相當吃驚。「勇兄竟然已經——」

看到王叔甚為哀傷的表情，陳淡也跟著難過起來。王叔和父親之間的交情如何，由於那時年紀尚小，陳淡也不是很清楚，但由現在看來，兩人之間似乎交情匪淺。

「想不到寧兒竟然放棄官途，王叔我可是很看好他的，總認為有一天他一定能夠順利取得功名，這麼多年來都有注意每一次的會試榜單——」王叔總算開口打破沉默。「不過也好，淡兒竟然也那麼有出息，王叔我真是與有榮焉。」

雖然王叔最後還是讚美了一番，但一想到兄長陳寧因為要全力支持自己的科考之路，竟然放棄了自己甚愛的書籍，還是令陳淡心痛不已。

「哪裡，哪裡，一切都是受到父親與兄長的照應，才能順利通過童試和鄉試，爾後必當頃全力闖過會試，早日成為朝廷要官，以報答父親與兄長的期盼。」

儘管陳淡嘴裡說得輕鬆自在，但內心的重擔卻隨著這一字一句逐步加重。這遙遙無期的求官之路，究竟哪一天才能達成，自己心理也完全沒有個譜。

「淡兒，你可千萬不要辜負了父親的期望，你們家身為『耕讀世家』由來已久，當年勇兒也肩負復興家業大任，儘管千百個不願，卻也只能乖乖苦讀求取功名。不過再怎麼努力，卻還是過不了童試，永遠都只是個老童生，直到家中經濟支柱病倒，他才放棄了這條求官之路，將希望寄託於你們這代。他的努力和無奈，這點我最清楚不過了，可一定要完成遺願啊！」

聽到王叔苦口婆心的勸說，即使陳淡非常清楚自己的重任，卻還是第一次聽說父親過去也曾經背負過科考求官的重擔。或許這些往事就連兄長也不知情，因為從未聽過他提起這些往事。

「唉，死者黃民安說來也是咱們同鄉，不管他生前在你我眼中評價如何，畢竟也是咱們家鄉的望族，又是個未來的可塑之材。想必這次會試機會對他也好，淡兒也好，都是得來不易，王叔我一定要設法早日破案，好替淡兒洗清冤屈，並還於黃民安一個公道。」王叔拍胸膛說著。

不過九年前的懸案，經由多方查證，還是無功而返，這次就算是高揚先生和錦衣衛聯手介入，是否就能讓懸案能有斬獲，陳淡也覺得不是很有信心，很想憑著自己微薄之力協助調查。可以說是為了替自己洗刷冤屈，也可說是為了替黃民安討回公道，更可以說是為了自己的官途著想。

「王叔，對於這次的懸案甚感好奇，可否將調查結果簡述一番？」陳淡問道。

「這當然是好，既為故鄉人，又是故交之子，當然沒有問題。況且淡兒自幼聰穎過人，或許還可憑藉淡兒之力，一舉糾出命案真兇。」

「王叔，過獎了！」陳淡有些不好意思。「在其餘的涉嫌考生中，有沒有發現什麼怪異的物品？」

「因為死者係屬於閹黨人士，故會將矛頭指向具有東林黨傾向的考生。」

「這——」陳淡突然想起一種可能。「難道九年前往生的舉人亦是閹黨人士？」

「淡兒，正是如此。九年前的懸案，雖然後被壓下，但當時的死者司馬興，就如這次的黃民安一般，也是素負盛名的地方權貴。若是當初司馬興順利通過考試，進入朝廷任官，必會使當時閹黨勢力更為助長。因此當初便有一說司馬興是受到政治謀害。」

「王叔，這事甚為巧妙，若九年前的死者和這次都是傾向閹黨的舉人，那麼政治暗殺的意味確實相當濃厚。」

如果真的就是政治謀殺，那在場擁有東林黨背景的考生就變得相當可疑。

「話雖如此，若真要動作什麼手腳，在其他地方不是更為適當？」王叔道。「要在這種戒備森嚴的考場中行兇，不但沒有兇器，而貢院士兵幾乎清一色都是閹黨在撐腰，隨時都在巡視，實在是不大可能，也因此這樣的傳言不久後便不攻自破。更何況每屆會試都會出現狀況，每年意外身亡的考生自然不在少數，可說是各種政黨傾向的都有，不能就將此案獨立歸為政治陰謀。」

確實如王叔所言，儘管東林、閹黨之間的惡鬥，已經惡化到水火不容的地步，但挑選在這種地方進行政治暗殺，也著實令人匪夷所思。

儘管如此，陳淡還是想循著這條線索繼續追問：「王叔有無發現，九年前和這次會試，那名國子監監生謝庭的號舍配置，都恰巧位於死者對巷？」

「這名國子監生，在國子監求學期間內就已具有東林黨背景，而兩次命案竟都恰巧就在死者正對巷，確實過於巧合。即使因為政黨背景不同，擁有行兇動機，只是不管咱們怎麼搜查，還是想不透距離那麼遠，該怎麼行兇？」

錦衣衛確實還是有其神通廣大的一面，即使謝庭並沒有到處宣傳過自己東林黨的背景，卻還是被相關情治單位查得一清二楚。一提到謝庭，陳淡倒是想起，先前謝庭在應試前夜曾到過客房遊說他加入東林黨，自稱與高揚先生有過幾面之緣，可以作為引介人，不過在後來高揚先生現身考巷，將所有涉案人逮捕入獄之時，卻也不曾見到高揚先生對謝庭有什麼樣的眼神交會，直覺讓人認為謝庭先前的話語只是在誇大其詞。

「在他的號舍內有無搜到類似可以發射的機關？」陳淡問道。

「這——」王叔皺眉回想。「除了文房用具，還有一些口糧外，並沒有發現其他可疑物品。唯一比較特別的，大概就是公發棉被有些破損，織線脫落，但對這些老舊的公用品來說，也不是特別奇怪。」

「弓弦一類的彈性之物，都沒有嗎？」

「淡兒，我知道你的懷疑。這點咱們也想過，因為雪地上沒有足跡，又有士兵巡視，確實不像是近距離行兇，極有可能是受到遠方伏擊。就貢院西圍場號舍配置而言，唯一可能進行射擊殺害的也僅有謝庭那一間。其他諸如任鐘和秦得生因為角度關係，根本連要目視黃民安都有問題。」

「確實如王叔所言，在我的號舍內，放眼望去也只看得到對巷的施翰堂。」

「說到這個北直隸舉人施翰堂，也曾出現在九年前死者的鄰房。當年即使就近在司馬興隔壁，卻搜查不出什麼行兇證據，也就無法定罪。這次號舍內也沒有什麼可疑的物品，除了墨寶外，也只是禦寒棉襖。不過他有支毛筆倒是已經損壞，筆身前端還沾滿了墨汁，另外竟然在他號舍棉被內發現了幾張冥紙，行囊內還有幾張泛黃符咒，你說奇是不奇，該不會是準備為自己黃泉路上好有盤纏！」

這麼說來，那個莽撞的老者，確實有可能因為考試完畢未將毛筆做好處置，造成乾涸損壞，才會落到要用大楷毛筆來進行答題。前幾日由於視線不是很清楚，只知道前日他使用大楷，看來並不是他墨法高超，而是因為自己的糊塗，被迫要這樣展現奇技。

「那些冥紙應當是從隔房洪鈺號舍而來。」不過即使是狂風暴雪真的會把半封閉號舍內的冥紙吹進鄰房嗎？陳淡這時才又想起第二日一群士兵拿著一疊冥紙辱罵施翰堂的情景。「不過也可能是士兵丟進去的。」

「確實洪鈺號舍內都是一疊散亂的冥紙，看來還真不是非常舒服。不過這名北直隸考生確實有些怪異，九年前正好位在死者隔壁，根據記事上的記載，當時也在他行囊和投宿的客棧中發現幾張符咒，甚為陰森，符文上好像寫著什麼——」王叔拿出幾張記事仔細翻閱。「『束刀八千女鬼，以求天下之平』。真弄不懂他是不是考試考瘋了，竟信仰起這種怪裡怪氣的邪門歪道，想藉著這種陰妖之力求取功名。」

看來不僅是陳淡和謝庭對施翰堂有這種感受，才只有一面之緣的王叔，竟然也對這名老者印象不是很好，或許這正是施翰堂個性過於古怪的緣故。

「王叔，雖說弓箭之物可以行使遠處射擊，但所造成的傷孔，並不會是死者喉部那種小指般大小的圓孔。不過我想到尚有一物卻可造成類似的傷孔——」

「喔，會是什麼東西？」王叔急切地問著。

「雖沒見過真物，但傳聞中的『瞭突火槍』便是這類的遠距攻擊武器，其所發射的『子窠』更是如同小指大小般的彈丸。」

「淡兒，雖然你說的火槍確實可以造成那樣的深邃傷孔，但問題在於翻遍附近的號舍，卻也沒有這種類似的武器，這種兇器還不算小，考場內並沒有什麼地方可以藏匿。況且要是死者是為火槍所害，那麼遠的距離如何瞄準？仵作驗屍也沒在深孔中發現彈丸，更別說該如何回收發射出去的彈丸。」

經由王叔這麼分析，也確實非常有道理，也許當初突然想到了這個可能性，變得過於興奮，反倒是忘記了後續藏匿凶器和回收的部分。

「那與黃民安緊鄰的三間號舍，戴睢、戴樑甚至是亡故的洪鈺也好，這之間的牆壁上是否有什麼明顯的裂縫存在？」陳淡繼續問道。

「這也經過詳細調查，戴睢與黃民安之間，由於木製牆壁有些老舊，雖有若干縫隙存在，但就連想透過縫隙觀察隔壁都有困難，更何況是藉由這些小縫隙行兇。雖然當初高揚先生是考量到隔巷的考生戴樑，號舍就緊鄰在黃民安其後，也一同收押入獄，由咱們接手調查，不過經由仔細搜查，還是只有一些書寫用具外，並沒有什麼其他怪異物品。唯一比較怪異的，大概是戴睢號舍中竟然發現一支斷成兩截的髮簪，就藏在壁縫中。問過戴睢本人，卻否認是自己所有，極有可能是三年前的考生所留下的。雖然就緊鄰黃民安號舍旁的戴睢，可說是涉嫌重大，不過卻也找不到什麼像樣的凶器。」

聽到髮簪反令陳淡想起抽檢那夜洪鈺斷氣前所受到的侮辱，也許洪鈺那髮簪現在還在那官大威大的馮敬手中。

「公發棉被中，是否可能尚有其他物品藏匿？」陳淡問道。

「這也不可能，因為咱們都將你們這幾名考生的棉被拆開搜尋，就連尿壺、火盆什麼該查的全部翻過，就是沒有可疑凶器。比較特殊大概就是秦得生號舍有搜出斷成兩塊的硯台，還有任鐘那裡找到了一大包的狀元糕。而戴氏兄弟倆在行囊中還帶著針線包，不過這對出遠門的人而言，也不是非常怪異的事。」

提到秦得生碎成兩塊的硯台，可能是那晚突檢時貢院士兵粗魯行為所致，因為陳淡自己的墨條，也是這樣斷成兩截。但想到原本還沒受到修理前的秦得生，對於貢院士兵的不滿，還會搥牆洩憤，那硯台也可能是在那時出氣摔壞的。

「這確實甚為離奇，都沒有可以作為凶器的可疑物品——」陳淡依舊百思不解。「淡兒，我是不清楚你在家鄉和黃民安發生了什麼細故，但據了解你和他甚為不和，甚至還因此改道進京，就是為了避開他。不管這是真的也好，或是有人故意要拖你下水也好，反正不管怎麼搜查，你號舍內也沒什麼可疑之物，更何況你的號舍還遠在死者天邊，算是所有嫌犯中最不可能的。」

「王叔，這事說來心情也甚為複雜。原本在家鄉因為兄長與黃民安甚為不和，才間而影響我的感受。不過就在得知黃民安死訊的那刻起，反而覺得他也不是什麼惡人，為何之前會是如此厭惡。更覺得就這樣斷送了一個國家人才的性命，想來也真是令人惋惜。」

「唉，寧兒以前和黃民安可以說是至交，到最後竟然也鬧翻了。」王叔搖搖頭。「淡兒，或許這次會試可能不盡人意，也或許一試便黃榜有名，以你的年輕有為，我相信你終究會有入仕的一日。以我在朝廷打滾多時，有些話還是要給你個忠告。在這個官場上，真的沒有永遠的朋友，不管東林黨也好，閹黨也好，混久了，你真的會發現自身官途才是他們的第一要務，閹黨並不是全數都是惡人。當然，東林黨當年受到魏忠賢屠殺，表面上應當就是受害者，但這麼多年下來，也出過不少惡徒，為反對閹黨而不擇手段。兩黨之間的惡鬥，已經到了不分是非的地步，這次雖然高揚先生引入咱們錦衣衛合作辦案，為的也不過是和閹黨、貢院士兵抗衡，要不是錦衣衛受到東廠長年壓迫想要翻身，大概也會靠向閹黨。往後若是步上官途，你可切記要保有自身的判斷力！」

陳淡只是默默地點頭，卻也無法提出什麼自身見解，畢竟還涉世未深。

一直以反對黃民安自居的陳淡，自然不會喜歡閹黨，但王叔的這番話，倒讓陳淡第一次意識到東林黨也未必都是善類。

一下子獲得了那麼多關於命案的情報，卻也還是沒有斬獲。陳淡閉起雙眼努力思考，卻還是沒有任何頭緒。究竟消失的凶器身在何處，陳淡不願放棄任何可能性繼續思索。

離開那隱密的破舊民宅，陳淡帶著從市集採購的用品回到了清風客棧。一路上王叔還是跟在陳淡身後，但兩人之間對於跟監之事始終保持心照不宣。

每一個釋放出來的考生，都有一個錦衣衛跟著。不過由於王叔在地牢已露過面，又有些私事想跟陳淡敘舊，才會自願選擇跟監陳淡，並遮掩面容現身客棧。其餘的密探，由於也沒人知道身分，經由變裝考生，早已混進各客棧內埋伏。

即使知道陳淡嫌疑最輕，但王叔還是不會停止跟監行動。一方面不能讓上頭得知兩人之間的關係；另一方面，這項行動除了是要監視這群考生中，有沒有人會在這一日的歇息時間，處理掉什麼可疑物品，更要防範真兇趁著這一日，讓其他考生，不管是用了什麼手法，無法再參與第二場的會試，而被嫁禍成為心虛逃離的真兇。

回到客房後，陳淡拿出了一些書籍準備研讀。會試第二場也是三日，考試內容為試論一首，判五條，詔、誥、表內科一道。雖然影響能否通過會試的「四書」，在第一場已經結束，甚至最後還因為突然被捕入獄，尚有一、兩篇的論述未修改完全，但第二場、第三場就算是比重不大，也不能夠輕易馬虎。

不過翻開書頁，這些內容早就滾瓜爛熟，一心專注案情的陳淡，更難定下心來複習書籍。

陳淡拿出了幾張薄紙，小心翼翼地翻著。這是王叔在離開破舊民宅前，交給他的記事，上面簡短記載著九年前那件舉人懸案的一些要點，還有一張更是當初命案現場附近的考場配置圖，確實和地牢中李鍊繪製的毫無差異。

將考試書籍暫置一旁，陳淡已決定好好研究這兩件懸案。

依照貢院士兵周定的證詞，在他巡視的期間，黃民安都還健在，最後幾次來回經過他號舍前，都還可以聽見他說著夢話。雖然三更之時，正好是狂風暴雪的時候，除了白茫茫的景物外，視線不是非常清楚，但黃民安隔壁就是洪鈺的空房，在一整排上百間號舍中，還是非常顯眼，也因此印象非常深刻。

到了四更之時，風雪已停，考巷大道上雖然仍是一片大霧，但視野已經比之前好上許多。換上了年輕士兵張尊交接，從巷尾開始巡視，直到黃民安號舍前，卻驚見雪白的大道邊，出現一絲顯眼的鮮紅血跡，這才發現事情有些不對勁。可以判斷黃民安便是在三更後段到四更前期被人暗殺的。

若九年前的司馬興，也是因為具有閹黨身分而遭到暗算，那麼另一名陪葬的士兵曹元，或許就是因為不巧在巡視中目擊殺害過程，而一同被真兇殺人滅口。

九年前死者鄰近考生號舍內的物品，和這次內容並沒有很大的差異。除了口糧、墨寶和禦寒衣物外，也沒有什麼可疑之處。

除了國子監生謝庭已查明身為東林黨員，其餘考生的政黨傾向並不是非常清楚，也無從查起殺人動機，更何況這整起事件也未必就是政治謀殺，不過接連兩起舉人暴斃事件，死者都具有閹黨的政黨傾向，還是頗令人百思不解。任鐘曾在一同被捕入獄時提起，祖父原是朝廷要官，因為被魏忠賢陷害，才會客死異鄉、家道中落。儘管如此，也很難說任鐘就是東林黨人，況且如今魏忠賢都已伏誅，任鐘是否還會如此痛惡閹黨，若非當事人，陳淡也很難揣測他的感受。不過任鐘的一些反應和行為，確實還是令人大感不解。

最具有動機與位置優勢的，莫過於兩件命案都位於死者對巷的謝庭。雖說火槍射擊時，會發出巨大聲響，不過在三更時風雪甚大，也可能蓋過這類武器的聲音，只不過這又和周定的證詞互為矛盾，更何況又該如何回收凶器？

這也難怪副考官劉應義和巷長馮敬會一口咬定兇手就是發現屍體的張尊。因為不管是從九年前的資料看來，或是這次現場雪地足跡判斷，確實都只有考場士兵能夠自由進出。位於巷口還有明遠樓的士兵隨時眺望，而每個巷尾也都設有瞭望台監控，要是考巷大道上出現任何不是士兵裝扮的可疑人物，一定會一下就引起軒然大波。再怎麼想，經由嚴格檢驗的考生，也很難夾帶凶器入場。在沒有凶器的狀況下，又沒有可疑嫌犯的證據，九年前最後也只能以首名發現屍體的士兵李鍊頂罪入獄草草結案。

「叩！叩！」

客房外突如其來的敲門聲，讓陳淡嚇了一跳，情急之下，草草將那幾張記事撕成碎片夾入書籍中。

「陳淡安在？」來者的口氣有些急促，令陳淡有所警覺。

「誰？」

「是我，石貫——」

再仔細思索，確實就是那同鄉的聲音。

「陳淡，這是怎麼一回事？」才剛開門，神色慌張的石貫劈頭就問。「聽說黃少爺在考場遭遇不測？」

「這──」陳淡答道。「正如石兄所言。」

「怎麼可能！此話當真？」

「石兄，小弟與黃兄身處同一考巷，先前還因為黃兄之死讓數名舉人一同被捕入獄，確實是千真萬確的事──」

「唉──」石貫睜大雙眼，儘管已經在客棧內聽到一些風聲，經由陳淡的證實，還是大受打擊。「這可真是咱們家鄉福建的損失啊！」

石貫語畢，小心翼翼將房門關上，隨即拉著陳淡一同安坐在椅凳上。愁眉苦臉的石貫，刻意壓低聲音說著：「少爺為何會惹上殺身之禍？」

「這我真的不甚清楚──」

「那戴睢、戴樑兩兄弟，是否跟黃少爺同一考巷？」石貫急切地問著。

「戴睢與咱們同在『秉直』考巷，而且號舍又正好就在黃民安之旁；戴樑則是身處另一排考巷。」對於石貫竟然會劈頭就道出了這兩兄弟的名字，讓陳淡相當訝異，直覺事情並不單純。

「陳淡，你可知道我與黃少爺當初乘坐『公車』前來應試之時，將至京師的前幾日，在路上可和人發爭執，就是那對戴氏兄弟。」對於這對兄弟石貫顯得相當痛惡。「咱們早該在前兩天就到達京師的『清風客棧』，無奈卻被那對惡兄弟動了手腳買通官吏，才會遲了兩日。」

「這對兄弟到底是何方神聖？」

「你可別看那小弟戴樑生得溫文儒雅，在陝西當地可是出了名的惡少，經常調戲良家婦女，口舌更是辯才無礙。在前些年的文士聚會場合，就已經和黃少爺鬧得相當不快。那個大哥戴睢更是殘暴，丈著自己在地方上家世顯赫，不但搶了別人的妻妾，更還謠傳他將看不慣的人活活打死，要不是散盡家財買通官府，早就該鋃鐺入獄。」

對於石貫的這段話語，陳淡一時之間實在難以和那對兄弟聯想在一起。但與他們考場相隔甚遠的石貫，實在也沒必要捏造這些事實栽贓這對兄弟。

石貫繼續說道：「那個戴睢時常受到黃少爺言語上的抨擊，要不是小弟戴樑還算可以和黃少爺抗衡，那戴睢早就已經抓狂殺人。去年的聚會上，戴樑因故沒有出席，黃少爺當眾羞辱了戴睢一番，更讓他在眾人面前出糗。文士面前大出洋相還不打緊，竟然讓他在自己心儀的樓妓前被人揶揄，戴睢要不是被眾人架住，早就對黃少爺拳打腳踢。此後便不時放話要咱們好看，威脅黃少爺最好別再逞口舌之快。」

這確實很像黃民安會做出的舉動，從小就親眼見過黃民安當眾羞辱兄長陳寧的情景，也不難想像他當眾嘲弄戴睢的時候，會是什麼樣的神情。雖然和戴睢僅有短短的相處經驗，卻還是能夠發現他那粗暴衝動的個性。但僅憑這樣的言語羞辱，真的就會造就了戴睢的深深殺意？

「所以石兄覺得這對兄弟涉嫌重大？」陳淡問道。

「豈止重大，我看根本就是他幹的好事！生得那副醜陋模樣，八成是嫉妒黃少爺俊美無比而又才華洋溢，才會下此毒手。」

陳淡微微頷首，卻也不知道這些話的真實性會有多高。一方面，從以前就對黃民安那些人甚為不屑，從沒有深交過；另一方面，這些石貫所言的事蹟，如今也無從查證。

但見到石貫一再一口咬定兇手就是戴睢，更讓人認為黃民安和戴睢先前結下的樑子恐怕不小，不過在獄中戴氏兄弟倆，卻又展現出一副對黃民安之死莫不關切的態度，到底是石貫撒了謊，還是那對兄弟想要隱瞞什麼，確實讓陳淡有些難以釐清。

倘若石貫所言不假，那麼在案發後戴氏兄弟對於與黃民安交惡的情形絕口不提，或許是為了避開嫌疑。一同被捕入獄的舉人中，雖然國子監生謝庭也算小有背景，與許多京師名流人士多少有些交往，卻和地方上童試、鄉試出身的傳統舉人屬於不同體系，彼此相互鄙視，也就不會有任何來往，當然也無法得知這些事情。其餘的考生秦得生和任鐘不屬於地方權貴，就連這種聚會都不曾受邀，更不可能知道這些權貴在聚會所發生的爭執。若戴氏兄弟倆有意隱瞞仇視黃民安的動機，只要事先套好招數，也很容易瞞混過關。

「唉——淡弟，這該怎麼說——」石貫有些猶豫。

第一次聽到石貫這麼親切稱呼自己，倒讓陳淡相當不習慣。

「好歹咱們也是同鄉，出門在外，還是得互相支應。我看我未來官途黯淡，這次會試倒是作罷。我平生願望只想在家鄉做個小吏，淡弟，你前途無量，有朝一日成為朝廷要官，不，據黃少爺的說法，你一定可以輕易辦到，甚至還會成為一個優秀正直的朝廷官員。我會在家鄉等著你的好消息，別忘了在家鄉還有咱們會一直支持你的——」石貫低頭說著。

見到石貫可憐的模樣，倒和他先前黃民安還健在時，那種囂張的行徑相差了十萬八千里，或許這段話才是石貫這次前來的主要目的。原先最強而有力的靠山黃民安就這樣走了，石貫也只能轉而投靠比自己上榜更有希望的陳淡。

然而過去所受過的冷嘲熱諷，卻不是那麼容易就能輕易化解，介於同情與厭惡的當兒，陳淡還是選擇了沉默。

「不打擾你的寶貴時間了。」見到陳淡沒有任何回應，石貫自覺再繼續下去也只是自討沒趣，向陳淡作了一個長揖，轉身準備離去。

到了房門口，石貫回過頭來又再開口：「不過還是有一事想與淡弟相告。先前逐步踏入閹黨核心的黃少爺，時常與我感嘆，其實閹黨中也不全如外界所言那般惡劣，尤其是在魏忠賢伏誅後，東林黨人追殺落難閹黨餘黨，那種令人心寒的情景，確實是讓黃少爺也看清了一些東林黨人的真面目。希望淡弟未來步入官途，無論是東林也好，或是閹黨也罷，都不要讓自己陷入太深！在此告辭，後會有期！」

「石兄，這些忠告小弟一定會謹記在心！後會有期了！」

見到石貫就要離去，基於表面上的禮儀，陳淡總算打破沉默開口送客，並對石貫深深地作了一個回禮。

目送石貫的身影，陳淡愈感迷惘。十多年來一直知道石貫這號人物，卻也不曾和他如今晚這般長談過。之所以會對黃民安他們那麼百般厭惡，或許也只是源自於兄長對他們的不屑。人都會選擇相信自己親信的人，就連陳淡也不例外，不管發生了什麼事，寧可相信自己的親人，也不會試著去了解對方是個什麼樣的人。一旦開始仇視，也很難化解這份恩怨，往後的所有舉動，不管是好是壞，都變得格外刺眼。這或許也可說是東林、閹黨兩黨會互相仇視的最佳寫照，寧可為了自己，也不願去針對國政就事論事，而形成了為黨不為國的惡鬥醜態。要說石貫生性惡劣，卻也很難就這樣一言蔽之，充其量，不過是和許多投機分子一樣，選擇一個未來政壇之星，好作為往後依附庇蔭，只是誰也不會想到，「漳州國順」這顆明亮之星，竟然會在考場內離奇殞落。

陳淡走向窗邊，緩緩打開了窗戶，天空又降起了大雪，而且也已經下了好一陣子。整個京師又再度籠罩在一片白霧之中，眼前景物看起來都蓋上了一層厚厚的白紗，究竟哪一日才能看清全貌，就像這前後兩件的舉人暴斃懸案一般，墜入深霧之中。

卷八

時間：明思宗崇禎七年
會試第二場第一夜

地點：北京貢院

重回死氣沉沉的貢院考場，再次重複了冗長的驗身過程，才又回到屬於自己編號的號舍。果不出陳淡所料，原本遺留在考場的所有物品，全部被前來搜查的士兵一掃而空，就連公發棉被、尿壺和火盆也換上了不同的組合。

好在陳淡事先早有準備，在中一日的歇息，已去市集重新採購了文房用具，儘管用起來不是非常順手，但在別無選擇的情況下，也只能說是不幸中的大幸。反觀對巷的那名糊塗老者施翰堂，由於事先沒有準備，也只能跟貢院士兵要回列為證物的大楷毛筆，繼續展現他那驚人的墨法技巧。當然，在要回工具前，還是免不了被貢院士兵揶揄了一番。

其他考生是否也有防患未然，這陳淡就不得而知了。不過與他一同前往考場的謝庭，也料到了這點，早就有備而來。

在進入貢院前，王叔還刻意挑了一個空檔，彼此交換情報。高揚先生的計畫，並不如預期，所有當初釋放的考生，全數如期回到考場，繼續參加第二場的會試，沒有人藉機逃亡。根據跟監密探的回報，大部分的考生也只是利用這中間休息日，前往市集補充用品，以及待在客房研讀書籍。比較特別的也只有四川舉人秦得生，在白日前往藥堂治療雙腳的凍傷；同住一房的戴氏兄弟倆，更是一整日都待在客房，僅有膳食時間前往大廳，草草用畢又再回房閉關，並沒有什麼異狀。

經過了昨晚王叔的線索提供，以及石貫的夜訪，陳淡心中對於案情逐漸有了雛形，兇手更是漸漸顯影，但不管怎麼巧思，卻也無法得知凶器究竟是為何物。

在進入「秉直」考巷前，陳淡還恰巧遇到了戴氏兄弟倆，經由短暫寒暄交談，陳淡還是很難將石貫前晚的那段話和這對兄弟聯想在一起。但人心難測，要不是從小就看著黃民安刻薄行為長大，旁人初次見面或是淺交輒止，也很難發現黃民安的真實個性，大抵都會認為他是一名風度翩翩而又博學多聞的美男子。

根據王叔的情報，這對戴氏兄弟在中一日的歇息，足不出門，但再次相見時，觀察敏銳的陳淡卻發現戴睢和戴樑頭上的髮簪都已換為另一支更為樸素的樣式。或許可以解釋在客棧內本來就不知道帶了幾支備用髮簪，為了變換心情，也不是什麼奇怪的舉動，就連湖廣舉人任鐘也換了不同染色的髮帶，硬要說和案情相關，也很難說得過去。

陳淡也曾想過，在黃民安喉部出現的深邃傷口，搞不好就是髮簪所造成。而兇手行兇後又藏回髮中，才會一直沒有被發現。不過事實上黃民安的傷口，約莫小指大小，並不會是髮簪這種細狀物品所能造成，況且如此脆弱的髮簪，恐怕在尚未深入喉部前，就可能應聲斷裂，真正的凶器，恐怕是更為尖利的物品。但若是要用髮簪尖部穿過木造牆壁的縫隙，卻也又有其可行性，只是就算是兄弟兩人同時聯手，又能製造什麼樣的機關？

儘管王叔後來又盡可能提供最新的跟監線索，陳淡對於某人的怪異行徑也更感懷疑，但對於消失的凶器，卻還是一籌莫展，也很難對案情能有新的推論，無奈之下也只能進入考場靜待其變。

第二試的內容，已經沒有第一試來得那麼艱澀，而時間的運用上也變得相當充裕。也才過了短短一日，陳淡就已經快把大部分的內容作答完畢。剩下的時間，陳淡都將心思擺在黃民安的懸案上。

晚上的餐點，依舊是公發糕餅，在撥開食用之際，陳淡卻發現糕餅中包夾著一根長髮，恐怕是糕餅師傅在製作時，不小心遺留下的。儘管覺得噁心，也只能拔掉後繼續食用。

這倒讓陳淡想起了中秋節月餅的由來。當年太祖朱元璋率兵起義對抗元朝，儘管已將都城圍盡，卻久攻不下。軍師劉伯溫便派人喬裝小販混入城內販賣月餅，並在餅中夾藏紙條，暗通八月十五夜起義殺韃子，最後才將都城拿下。

陳淡拿起另一塊公發糕餅，雖然只有巴掌大小，但若是自行攜帶的糕餅，則不在此限中。若事先將某些物品暗藏其中，儘管考場設有夜間突檢，但考巷號舍上百餘間，也不是每間都會被抽查，更何況若是有什麼東西包藏在食物中，也就更難發現。而那些權貴出身的考生，就連巷長馮敬都不敢多看幾眼，更別說是那些聽命行事的貢院士兵。更有甚者，陳淡還在鄉里間聽聞曾有考生將小抄藏在糕餅內帶入考場，在考試期間用畢後，為了湮滅證據，連同糕餅一起入腹，最後也就逃過了考場士兵的搜查。當然，這種傳聞的真實性就不得而知了。

將剩餘的糕餅收善完畢，陳淡坐臥號舍內，繼續陷入沉思。

夜晚的貢院，又變得寂靜不少，偶爾才會出現提著火炬的例行巡邏士兵穿過號舍前的視野。下了一整天的大雪，入夜後總算歇止，一整日在寒風中作答，也算是折騰了所有的考生，更別說是在大雪中巡邏的貢院士兵。

這名兇手究竟是何方神聖，竟然能夠不在積雪上留下足跡，飛進號舍內將黃民安殺害。不僅如此，早在九年前，同一名兇手也用了同樣的手法，將一名原本前途看好的舉人與巡邏士兵，雙雙刺殺斃命。

即使心有餘，卻也因為一早便起床前往貢院接受點名驗身，還是讓陳淡感到睏倦不已。

不知道過了多久，原本已經處於半睡半醒狀態的陳淡，突然被腳邊的冰涼感所驚醒。起身一望，原來是號舍屋簷上的水滴順著短小的霜柱滑落而來，聚集在鞋上，聚少成多也就穿透了鞋子。

盯著水滴發呆的陳淡，已然忘記要將伸在號舍門前邊緣的雙腳，往內屈膝縮了回去。

陷入沉思的陳淡，原本還帶有幾分倦意，突然眼睛一亮，精神抖擻地大聲喊道。

「啊！弄懂了！原來如此！」

陳淡頓悟式的叫聲，打破了深夜考場中的寂靜。

聽到喊叫的巡邏士兵，趕緊從巷口附近跑了過來，想要知道發生了什麼大事。

「你這人發什麼神經啊！」出現在陳淡號舍前的剛好就是士兵周定，睜大雙眼相當氣憤。

「周兄，你來得正好，還正苦於沒人可以幫我通知錦衣衛王大人呢！」陳淡興奮地說著。

「喔，是陳淡啊——」周定發現是先前在地牢熟識的考生，反而沒有一開始那麼生氣。「你這人是作了什麼惡夢，突然大叫一聲，怎麼一回事？」

「周兄，拜託了，關於黃民安命案，我有些想法，就算是替咱們這些尚未洗清嫌疑的人們行行好，叫一下王大人吧！」陳淡哄著。「也可當作是為了幫張尊這位好兄弟洗刷冤屈吧！」

「這——」周定顯得有些猶豫。

由於當初張尊嫌疑最重，即使高揚先生下令釋放，卻還是被副考官劉應義以第一兇嫌又抓回了地牢。高揚先生與劉大人兩人之間的對峙態度漸趨白熱，針鋒相對的情景也就愈演愈烈。

即使高揚先生引入錦衣衛協同調查，但還是受到了劉大人和貢院士兵的龐大壓力，若不能在第二場會試結束前順利破案，錦衣衛就必須退出偵查，並以張尊下獄定案。這些事情陳淡是在進入考場後，才由士兵們的交談無意間耳聞。

「若是案子不破，別說咱們可能受到牽連，要是錦衣衛就此退出調查，張尊不但可能就此定罪，與他息息相關的周兄，是否能夠安然無事，這也確實有些難說——」陳淡又再次威脅利誘。

「嗯，原來你也知道張尊被收押的事啦——」周定若有所思。「小兄弟，雖然我也覺得你與其他舉人有些不同，卻也說不上是什麼原因。但你可要知道，這事可不是鬧著玩的，要是一個不慎，惹惱了馮大人和劉大人，後果可是不堪設想！」

「周兄且請放心，我陳某若不是心有定數，也不會出此狂言。」陳淡神情嚴肅地說著。

相視甚久，周定微微頷首，而後消失在號舍前的視野內。

過了一段時間，王叔總算出現在陳淡號舍前。

「淡兒，這是真的嗎？」王叔憂心忡忡地問著。

「王叔，能不能破案，還要看老天幫不幫忙！」

「這話是什麼意思？」王叔大感不解。

坐臥在號舍內的陳淡沒有回應，只是抬頭仰望烏黑一片的天空。

循著陳淡的視線望去，王叔也看不出什麼所以然來。不過案情已經走向死路，隨著時間的不斷流逝，眼看第二場的會試期限，可能真的就會這樣過去。聽過也看過陳淡許多年少時的佚事，王叔也很清楚，陳淡自幼洞察力就異於常人，或許真的可以放手一搏。

「王叔，就看老天肯不肯再賞一場暴風雪了——」陳淡凝視天空說著。

擒兇令

子曰：「視其所以，觀其所由，察其所安，人焉廋哉？人焉廋哉？」

動機、手法和證據—近百年來，無論是古典推理小說、社會寫實派或是本格推理都緊密圍繞此三要素。

管理學中也不斷強調，任何事情都要發掘其「原因背後的原因，結果之後的結果」。不僅應用於管理學，生活中也應有如此精神。

各位聰明的讀者，所有線索皆已呈現。或許您心目中的兇手早已呼之欲出！「大膽假設，小心求證！」兇手就在「人物表」中！

秀霖

第二天的試程，在平靜中度過了一日，期間貢院士兵周定不時出現在陳淡號舍前，一再詢問昨夜之話是否當真，或許周定事後有些後悔當初替陳淡傳話，因而顯得焦躁不安。而王叔更是假藉調查名義，三番兩次藉機探問，不過陳淡依舊老神在在，還是回答一切成敗將由老天決定。

入夜以後整座貢院又籠罩在薄霧之中，讓視野開始有些模糊。

「淡兒，當真別再賣關子啦！」傍晚燃燭完畢之時，王叔又出現在陳淡面前。

「王叔，不是我愛弄玄，而是時機尚未成熟。」即使這麼說著，眼看要是第二夜也就這麼過去，距離第二場會試的最後期限也就愈來愈近。要是期限一到，能夠制衡貢院士兵的錦衣衛撤出考場，想要翻案就很困難。

見到陳淡還是不願透露，王叔也只好黯然退去。

靜待天意的陳淡，當然是徹夜難眠。如果沒有和那晚出現類似的暴風雪，也很難達成行兇的要件。就在深夜時刻，氣溫開始驟降，天空總算飄起了細雪。

發現機不可失，陳淡開始拿出用具，準備隨時架構機關。

等到貢院外傳來了二更的銅鑼聲，風雪開始逐漸加大，寒風灌入，更是讓所有的人直打哆嗦。

「淡兒，這下總可以了吧！」焦躁不安的王叔又來到陳淡號舍前，頂上稀疏的毛髮，滿是飄落的細雪。

「王叔，看來風雪還有加大之勢，這次我想老天也不想再讓兇嫌繼續逍遙法外。」陳淡難掩興奮之情。「要麻煩王叔去通知高揚先生和所有相關人士到場，當然也包括了關在地牢中的張尊，與九年前命案的第一證人李鍊。或許一個時辰後，就能重現那夜的兇殺情景，將兇手繩之於法！」

「淡兒，此話不可戲言，動到高揚先生，若追究下來，你我都難逃一劫。」

「王叔切莫擔憂，若無定數，必不相告。」陳淡堅定地說著。

抬頭仰望天空，原本的細雪順著狂風，在考巷大道上四處亂竄。王叔再看了一次陳淡的堅決神情，隨即往巷尾方向前進，準備招集相關人士。

過了一段時間，號舍外傳來了巷長馮敬高亢的嗓音。

「喂！那幾名先前被捕入獄的舉人，別再睡啦！有個乳臭小子說他已經知道兇手是誰啦！」馮敬一臉不悅地喊著。

看到王叔帶著馮敬一行人抵達號舍前，刺眼的火炬將考巷照耀地十分明亮，不過風雪過大，還是使視線相當模糊。陳淡見到他們火光到來，隨即起身離開了號舍。

「哼——」馮敬面露兇光。「就是你這個南方臭小子，要是你胡耍咱們勞師動眾，看我怎麼把你治罪！」

面對馮敬的謾罵，陳淡依舊泰然自若。

睡眼惺忪的幾名舉人，聽到是那作威作福的馮敬，儘管還有幾分睡意，也還是得迅速前往考巷大道上集合。

風雪強襲而來，讓這幾名考生不自覺地顫抖起來。

「混帳，又是怎麼了——」儘管秦得生相當不滿，卻還是只敢小聲地埋怨。

這時巷口方向出現了幾個模糊的身影，等到一行人走近，才發現是金黃官服的錦衣衛，引領著兩名身穿囚衣的犯人，便是前後兩件懸案受到連累下獄的李鍊和張尊。即使兩人身上加了棉襖，卻還是對於外面的風寒甚為恐懼，不停地抖著。藉由張尊的攙扶，老邁的李鍊才得以勉強行走，看來雙腳恐怕是在多年前的刑求中，已經造成了殘疾。

「王大人，人帶來了。」錦衣衛向王叔做了報告。「高揚先生和劉大人隨後就會到來。」

「劉大人——」印象中並未通報劉大人，使王叔有些詫異。

「王大人，是小的通報的。」馮敬故作誠懇地說著。「這種大事，怎麼能忽略劉大人呢！」

一聽就知道是為了和他們相以抗衡，才會特意通報劉大人前來現場。

許久未見世面的李鍊，看著眼前茫茫的視野，不禁熱淚盈眶。

「你是馮敬嗎——」李鍊走到馮敬面前遲疑地問著。

「一介囚民不許對巷長無禮！」幾名貢院士兵見狀，向前抓住李鍊。

馮敬刻意閃避李鍊的眼神，不一會兒才又開口：「放開他吧！他可是你們的前輩——」

鮮少見到馮敬這種閃避的態度，倒讓士兵們顯得有些錯愕，不過也只能聽令行事。

在場的考生得知這次是因為陳淡之故，才在風雪交加的深夜中，被挖了起來，莫不對陳淡厲顏以對。唯獨只有戴樑與謝庭，對於接下來的答案充滿期盼。

等待高揚先生之際，風雪逐漸減弱，原本一直聽著陳淡訴說需要暴風雪條件才能順利破案的王叔，眼看風勢轉弱，心理倒是愈形焦急。

「淡兒，沒問題吧？」王叔湊近陳淡身旁小聲地問著。

「報！副考官劉大人到！」

還等不到陳淡的答案，巷口已傳來嘹亮的通報聲。

在場的所有人，全都整齊劃一跪坐而下。

「混帳，爛兵就算了，又是哪個自以為是的考生，想當起密探！」劉大人尚未走近，遠遠就已經傳來他的不滿。

由於深夜趕路，讓劉大人顯得氣喘吁吁，烏紗帽更是被細雪沾滿了大半。

「啟稟劉大人，就是那個福建的乳臭小子！」馮敬巴不得陳淡和錦衣衛王叔趕快被劉大人定罪下獄，趕緊起身向前迎接。

「喔，是你啊——」劉大人仔細上下打量陳淡。「你可知你在做些什麼？一芥草民！」

「劉大人，話可別這麼說。」王叔上前靠近劉大人。「這名考生洞察力過人，發現了事件真相有何不可？」

「劉大人，我這幾日觀察，這名錦衣衛王大人似乎與這名福建考生甚為親近，三番兩次在考試中前往交談。」馮敬先前的恭敬貌頓時消逝，或許是主子劉大人的出現，讓他有了靠山。「該不會是被這小子的什麼花言巧語給拐了！」

「哪有此事！」王叔惡狠狠地瞪了馮敬。

「王大人，該不會是你們錦衣衛眼看破案期限就要到來，為了搶功，才和考生勾結，想要陷害無辜！」劉大人以尖酸的口吻說著。

「哼——」王叔冷哼一聲沒有其他回應。

「喔——」見到王叔的反應，劉大人也甚為不悅。「你們錦衣衛近來失權失勢，是想跟東林黨勾結謀圖東山再起吧？也不想想這些貢院士兵大半來自宮廷近衛，東廠還是有些聖上的親近，到底是誰離聖上比較近？」

「不想與你多言這些，能破懸案才是要緊！」王叔厲言道。

「哼！在我地盤，我說不准就是不准！」劉大人怒道。

「這件事已由高揚先生接手，不由劉大人來作主！」王叔不甘示弱又反擊回去。

「很好——」劉大人點點頭。「要是這名考生只是來亂的，看我怎麼以欺君罔上的罪名，將你們下罪！」

「報！主考官高揚先生到！」

巷口的傳報聲，總算暫時打破了劉大人與王叔之間的僵局。

隻身前來的高揚先生，即使尚未靠近，凜然的氣勢已經讓所有人早早跪下迎接。等到靠近後，高揚先生依舊沉默不語，揮手示意要所有人起身。

「看來所有人都已經到齊——」陳淡喃喃自語。

「劉大人，我不是已經說過此案由我接手，且請別再插手。」一見到劉大人出現在此，高揚先生顯得有些不悅。

「下官確實沒要插手，只是耳聞有名考生自稱知道兇手，想要來一探好戲。但可別忘了，若是期限前還是破不了案，可就依我方式結案。」劉大人道。

「王大人，已尋獲真兇，可是真的？」高揚先生不想與劉大人繼續爭論，直接開門見山詢問王叔。

「大人，此名福建舉人陳淡，聲稱已得知真兇為何，且請聽他細細說來——」王叔解釋著。

「喔——」原以為是錦衣衛查出案情真相，想不到卻是一名考生，確實讓高揚先生有些吃驚。

「胡扯，憑什麼咱們得聽一名考生胡扯！這可不是兒戲！」劉大人難以接受聽命一名考生說明案情。

「王大人，此事應當審慎處理，為何要如此相信這名考生？」高揚先生說完還刻意打量了陳淡一番。

「兩位大人，實不相瞞，這名福建舉人，乃王某家鄉摯友之子，視如己出，自幼聰穎過人，洞察力更是稱奇，私下曾共同研究案情，而今宣稱已識破真兇技倆，且請兩位大人姑且靜待其言。」王叔懇求道。

「喔，那個消失的凶器也找到了嗎？」高揚先生問著。

王叔看向陳淡，陳淡也只是默默點頭。

「混帳！許大人請你們錦衣衛來查案，並非要你們跟嫌犯勾結！」見到這種情景，劉大人很不是滋味，大聲怒道。

「這倒也不是壞事。本身舉人就已是各地菁英，若有奇人出現，也不是不可。」高揚先生顯然較為明理，冷靜地說著。「況且這名福建舉人，號舍位置距離死者甚遠，要不是與死者同鄉，也不會被列為嫌犯。與其說是嫌犯，倒不如說是重要人證。」

「許大人，要是這名考生耍了咱們，你又要如何擔責？」劉大人刻意挑眉問道。

「劉大人且請寬心，期限未到，這事都由我負責。」高揚先生說完，轉向王叔與陳淡。「王大人，若為兒戲，必有重罪！」

「高揚先生也請放心，王某將以官位擔保，若為虛言，將解官以對。」王叔慎重地說著。

「不如這樣好了，若這名考生破了此案，我將向聖上薦舉保送殿試，但若僅為兒戲，必將以欺君罔上將你與這名考生拿下，到時被判死罪也不是不可——」

懸宕九餘年的舉人暴斃命案都還在五里霧中，劉大人不相信陳淡這名乳臭小子能夠破案，刻意這麼刁難。

王叔遲疑地看了陳淡一眼，但陳淡也只是微微頷首。

「好吧，就這麼一言為定！劉大人且請就此打住，別再插手——」高揚先生對於劉大人的一再阻撓，顯得有些不耐。「要是能夠一案雙破，已可說是舉國奇才，別說是力保薦舉，要直入狀元，更可求聖上另闢官路！為國舉才本來就是咱們的職責。」

這種天大的賭注，非死即生，或許可說是陳淡至今所下過的最大豪賭。即使原先已經信心滿滿，但這關係著王叔與自己兩人的命運，還是讓陳淡有些忐忑不安。

這時貢院士兵替兩位考官搬來了座椅，並準備了一張長桌，儼然成了臨時公堂。高揚先生就座後，向陳淡做了一個開始的暗示手勢。

「那就由小的開始問案——」陳淡向兩名考官作揖後，轉向身旁的那幾名考生和貢院士兵。

「這次案件和九年前的懸案關係密切，尤其是兩件命案的死者，都屬於深具閹黨傾向的地方權貴，也因此不得不讓人聯想到是東林黨人行使的政治暗殺──」

陳淡還沒說完，就被高揚先生打斷：「年輕小夥子啊，怎麼可以因為死者都屬於閹黨，就認為兇手是東林黨人？」

「回報大人，關於這點我和王大人曾討論過。若要行使政治暗殺，那麼挑選其他時機將更為妥當，不必特意挑在這種閹黨的地盤執行。然而後來反向思考，刻意在這種地方實行刺殺計畫，將使政治暗殺的意圖掩飾地更為巧妙，因此兇嫌反而更有可能是東林黨人──」

對於陳淡一口咬定兇手動機是出自於政治意圖，讓同身為東林黨的高揚先生有些顏面無光，不過他並沒有因此打斷陳淡，反而繼續在後方冷眼看著。

聽到陳淡這麼一說，戴樑瞄了謝庭一眼，觀察敏銳的他，似乎已經發現了謝庭東林黨人的身份，不過不到緊要關頭一向沉默寡言的戴樑，還是選擇沒有多說什麼。

「李大哥，可還記得九年前命案發生前，也曾經下過像今夜這般暴風雪？」陳淡問著前貢院士兵李錸。

「這是當然，當年遇到晚春，二月時節的會試，還是下著大雪，那年會試好幾夜都在風雪中度過，更有多名考生因此遇寒身亡。」李錸答道。

「周兄，這次黃民安命案發生前，也是一樣下著暴雪吧？」陳淡轉而問著周定。

「說來甚巧，和九年前一樣，下著暴雪。」周定答道。

「前後兩件懸案的共同點，便是案發前考場都下著大雪，這便是兇手的技倆。」

陳淡神情嚴肅地說著。

「這是為了什麼？」一旁的張尊大感不解。

「為的就是那風雪中模糊的視野。」陳淡答道。「周兄可還記得三更時暴雪中的視線？」

「那時風雪交加，但因職務在身，也只能硬著頭皮繼續巡視。但也因為風雪甚大，就算舉著火炬，能看到的視野還是有限，大概也只有前方三、四個號舍的距離。」

「這便是為何兇手要挑在這種時候犯案的緣故！」

「這位小兄弟，此話怎說？明明我那時都還親耳聽到黃民安說著夢話——」周定感到甚為怪異。「還是那時兇手是藉由風雪之聲，掩蓋暗器所會製造出來的聲響？謝庭你可說說看，你就正好位在死者對巷，又是東林黨人，我早懷疑你了——」

周定也看穿了謝庭的身份，讓謝庭顯得相當不安。

「什麼，你就是謝庭，當年你也位在死者司馬興的對巷，實在過於可疑！」李錬像是想起什麼，大聲驚呼著。

身為閹黨的副考官劉大人，看向眼前這名東林黨考生，臉上表情自然不是非常愉悅，不過礙於答應不再插手，也就只能沉默不語。

「下著那麼大的風雪，黑暗中我連眼前幾步的視野都看不清楚，更何況是對巷的死者黃民安？」眼見周定將矛頭指向自己，謝庭極力反駁。「況且你口中的暗器又是什麼？」

「這我怎麼可能知道！你可要問問這位陳淡小兄弟啊！」面對謝庭的矢口否認，周定情緒變得有些激昂。

「那你怎麼不說，那個施翰堂九年前更是位在死者司馬興的隔壁，相隔九年的會試，他竟然也正好都在死者附近，這不是更為可疑？」一向冷靜的謝庭，或許因為受到懷疑，變得甚為急躁。

「胡說八道！」受到波及的施翰堂，個性本來就非常自利，不可能坐視不管。「我這次又不是在死者隔壁，別忘了中間還隔著洪鈺，要不是他早早病死，我也不會被牽連下獄！」

「唉，各位考生別再爭論，這考場位置可是由我隨意配置，跟你們壓根兒沒有關係，且先聽聽陳淡怎麼解釋——」高揚先生有些看不下去，刻意打岔移轉。

陳淡望向高揚先生，等到高揚先生微微頷首後，陳淡又繼續他的推論：「這次的案件，和九年前如出一轍，在雪地上除了巡視士兵的足跡外，並沒有其他可疑腳印，因此士兵才會受到懷疑。但若是貢院士兵想要下手，更可以趁著其他機會，且那凶器所造成的傷口也不似一般兵器。這兩次的凶案，死者都是閹黨要員，傾向閹黨的貢院士兵，相互之間監督慎密，犯案機會極低，一切都是鄰近考生所為，便是因為利用尋不著凶器的盲點，得以順利脫罪。」

聽到陳淡點明士兵不是兇手後，張尊和周定滿意地點點頭。

「其實一開始我也懷疑兩次命案都恰巧位於死者對巷的謝兄，不過正如謝兄所言，在那種幾近伸手不見五指的暴風雪夜，又有著一段距離，即使使用暗器瞄準，就連對巷都無法看清，又要如何對準？更何況距離那麼遙遠，又該如何不跨過考巷大道上的積雪，將凶器回收？想當然是無法犯案。同理也可推論，位於謝兄兩側的任兄與秦兄，號舍視野外，就連黃民安的號舍都看不見，更別說是要刺殺。唯一的可能也只有與死者相連的號舍才有機會。」

「你這是什麼意思？」將矛頭指向「直」巷考生，引來了戴睢的強烈不滿。

「雖然與死者相鄰的洪鈺、戴氏兄弟倆，號舍牆壁上都有一些小縫隙，不過實在過於狹小，就連目光都無法輕易穿透，更何況要藉由這些小縫進行手腳。所以隔巷的戴樑更是不可能繞出鎖院的巷口，前往這條『秉直』考巷行兇。」

經由陳淡這麼一說，可疑的兇手幾乎只剩下了戴睢，讓原本就生得兇神惡煞的戴睢，此時更是暴跳如雷。

「你這乳臭小子，為何要這樣含血噴人！」戴睢氣憤地指著陳淡。

正當戴睢想要衝上前去找陳淡理論時，被胞弟戴樑一把抓住：「大哥，你且先聽他說完，他並沒有指出兇手是誰，先聽聽他怎麼解釋吧！」

性格一向衝動的戴睢，採納了戴樑的建議，不過卻還是難掩氣憤之情，狠狠瞪著陳淡。

陳淡這時走向死者黃民安的號舍前，並在那裡停了下來，眾人也只是靜靜看著，完全猜不透陳淡的意圖。

「且請各位注意積雪上的足跡——」陳淡一腳跳進了黃民安的號舍。「接下來就由我來示範如何在雪地上不留下足跡，而可以自由移動。」

陳淡坐進黃民安的號舍，將活動木板置於床的高度，再以微蹲的站姿站立其上。轉身背向考巷大道，並移動到號舍左牆，接著手扶左牆跨出右腳，踏上了鄰房號舍門口邊緣的活動木板上，再將原本留在黃民安號舍的左腳收回，整個人便進入了隔壁的號舍。僅僅藉由緊鄰兩舍邊緣的活動木板作為立足點，完全沒有踏在考巷大道上，因此也不會在積雪上留下足跡。

一些士兵見到陳淡出乎意料的位移方式，讓他們有些驚奇，這倒是可以解釋為何雪地上會沒有兇嫌的足跡。

「這種方法雖然可行，並不會很難想到，但你可知道這樣大的動作，一定很容易就被巡邏士兵發現，更何況巷尾都還有瞭望台監控。」或許是為了替兄長洗刷冤屈，也或許是為了和陳淡相抗衡，戴樑反駁道。「還有這樣的舉動要是被對巷考生撞見，不就前功盡棄！」

「所以這才要回歸我一開始的論點，為何兩件命案都發生在暴風雪夜。」陳淡答道。「便是要趁那視線不明的當兒，才能用這種方式位移。」

眾人點頭表達贊同，隨即看向涉有重嫌的戴睢。

「混帳！這毛頭小鬼淨愛說些無中生有的事！」感受到眾人質疑的目光，戴睢更為光火。

「可是這次黃民安的案件是發生在暴雪停歇之後，這樣不就可能會有識破之虞？」這次提問的是當初接手換班巡視的年輕士兵張尊。「在周兄巡邏時黃民安都還健在，是死於我巡視之時，只是當我執勤時，風雪已停，視野也較先前清晰許多，要是兇手一個不小心，行兇前後這樣大動作的位移，正好被我撞見，不就被我逮個正著！」

「這問題就要詢問周兄。」陳淡正坐在號舍內說著。「周兄在那麼大的風雪中，可是如何認得黃民安的號舍？」

「這還用說，案發前一晚，死者隔房的洪鈺就已經身亡，在這麼一整排的號舍中，那間空房相當顯眼，每次巡視經過時都會特別留意。」周定答道。

「那麼現在你可還認得洪鈺的空房會是哪一間？」陳淡依舊正經地問著。

「這是當然，不就是你現在身處的那間號舍，你自己看看，裡頭四處可見散亂的冥紙，那是在洪鈺身亡後撒的。」

「周兄，但我要告訴你，我現在這間號舍其實是黃民安的，隔壁那間才是洪鈺的。」

「怎麼可能！」周定睜大雙眼不敢相信。

不僅僅是周定，其他人見狀都直覺認為陳淡瘋了。

機警的戴樑回頭望向對面考生被招集出來的空號舍，確實和對巷的空房有些位移的情形發生。

「你們看看後面的空號舍，為何陳淡現在對巷的號舍竟然是謝庭的，照理說應當是秦得生的才對——」發現不對勁的戴樑詫異地叫著。

陳淡依舊老神在在，緩緩步出號舍，並前往洪鈺隔壁施翰堂的號舍中，將裡頭蓋在棉被下考生給挖了起來。

「大家瞧瞧，這棉被下根本空無一人，是方才王大人趁著咱們集合空檔，吩咐人手布置的。」陳淡將棉被收起，底下盡是一些雜物。「在這一長串近百間的考巷中，所有號舍外型如出一轍，再加上公發棉被圖紋一致，讓人更難辨識。其實這間是施翰堂的號舍，而原先戴睢隔壁的考生張德，經由安排下，已撤出號舍，才會使所有號舍配置感覺上像是完整左移了一格。」

「我實在不甚了解——」周定儘管努力跟上，卻還是不大了解陳淡的意思。

「秦兄，我記得你曾說過案發之夜，曾隱約撞見對巷似乎出現晃動人影。」陳淡問著秦得生。

「是啊，可是那晚洪鈺明明已死，怎麼可能還有人影晃動，所以我才直覺真是見鬼。」秦得生憶起當晚情景，仍有些心有餘悸。

「非也，秦兄當晚所見確實就是人影，而且還就是那兇手的身影！」

「這——」秦得生瞠目結舌。

「這間是黃民安的號舍——」陳淡走到黃民安的號舍前指著，接著往巷口方向前進。「這間是洪鈺的空房，而再來是施翰堂的號舍。」

陳淡踏進施翰堂的號舍內，抱著裡頭的公發棉被，用著先前演示過的位移方式，移到了洪鈺的空房，並將原本散置在洪鈺號舍內的冥紙拾起，伸手撒向隔房的施翰堂號舍中，隨即坐臥床榻，並以棉被蓋在身上。

「周兄，如果這時你再巡視而過，你覺得洪鈺的號舍會是哪間？」陳淡伸手指向隔壁號舍。「如果我這時再假裝說著夢話，在這條考生上百名的考巷中，你當真認得出蓋著棉被的黃民安會是什麼樣子，更何況又只是說著聽不懂的夢話。」

「原來如此——」周定如大夢初醒般喊著。

「兇手便是利用這種手法，讓周兄以為我現在身處的號舍就是黃民安所有，實際上卻是洪鈺的那間空房。」

如果事實就如陳淡所言般，那麼兇手幾乎已經呼之欲出。

「沒錯！這兩件相隔九年的懸案，始作俑者就是你，施翰堂！」陳淡板起面孔，嚴正地指向那名北直隸舉人。「汝即真兇！」

一直在一旁看著陳淡抽絲剝繭的施翰堂，早已面色鐵青。

沉默良久，施翰堂才又開口：「你這乳臭小子，還可真愛胡來，一下誣指謝庭，一下又是戴睢，這次可賴到我頭上來啦！口說無憑，誰會相信！」

「這倒不用擔心，要人證已有秦兄，要物證更是有物證。」陳淡緩緩地說著。

「哼，你倒說說，有什麼物證，證明我曾經移動到隔壁的洪鈺房內！」原本臉色慘白的施翰堂，這時已氣得臉紅脖子粗。

「照我方才的方式，為了混淆貢院士兵的視聽，在你移到了洪鈺號舍後，又將冥紙撒向自己的號舍，即使事後還有清理，將冥紙又再撒回洪鈺號舍，但你卻忽略了當初抱著棉被一同前來，上面已經夾帶了幾張冥紙回去。事後大意沒有發現，才讓錦衣衛案發後在你號舍中的公發棉被夾層發現幾張冥紙。這風雪再怎麼強，也不可能將洪鈺號舍內的冥紙，拐彎吹進你的號舍內！」

施翰堂想要辯駁，卻又止住，僅能咬牙切齒以對：「哼，是又如何，最多也只能證明我到過洪鈺號舍，又能代表什麼？」

陳淡輕皺眉頭答道：「之所以會如此大費周章，不僅是為了混淆貢院士兵，更是為了讓他們錯認黃民安在那時還活著。其實黃民安在三更時早已身亡，之後你經由巧妙位移，偽裝成黃民安，就是要製造他還活著的假象。選在三更時行兇，就是因為那時風雪甚大，視線模糊，才能夠躲過貢院士兵的巡查和對巷考生的視線，自由進出左右號舍，更在那時連過兩舍，直接進入黃民安號舍將他殺害。挑選喉部下手，除了是要害外，更使黃民安即便想呼救也叫不出聲。行兇完畢後再回到洪鈺空房，靜待士兵路經時佯裝夢話，使周兄誤認為黃民安尚在，好讓事後死亡時間推斷上出現誤導，以為兇手是在四更時行兇。那時不但風雪已停，視野更是可以看清半條考巷，實在不可能出現兇手，才使案情進入死胡同。等待一切完畢後，再回到自己號舍裝作什麼事都沒發生即可，不料回去時由於風雪變小，視線不再像當初那般伸手不見五指，才會被對巷的秦兄撞見歸去時的模糊身影。」

施翰堂緊皺雙眉，欲言又止，不久才又開口苦笑：「你這毛頭小鬼，還真說得頭頭是道，但說了半天都是白搭。前後九年的兩件懸案，最重要的凶器至今都還是找不著，不管你說得再怎麼有道理，也是無法將我定罪！」

「這你倒是不用擔心！」

聽到陳淡這樣的話語，原本還算自信滿滿的施翰堂，突然笑容盡失。

陳淡走向「秉」巷，停在自己的號舍，彎身下去，從門邊前的積雪堆中，挖出了一項道具。起身後向王叔打了個手勢，不久幾名錦衣衛拿出了一塊厚重帶皮的生豬肉還有一盆滾燙的熱水。

看到東西齊全後，陳淡緩緩走到眾人面前，這才發現他剛才從雪堆中挖出的是支條狀物，不過因為握在陳淡手中，還無法看清楚全貌。

「這次的兇手，是名手無寸鐵的士人，但別說文人就無法殺人，士人的武器，不是刀，也不是劍——」陳淡亮出了手中的物品。「而是這個——」

握在陳淡手中的，不過是支中楷毛筆，柔軟的筆頭，再怎麼想也不可能拿來行兇。

儘管其他人看得摸不著頭緒，但老者施翰堂這時反倒是面無血色，冷汗直流。

「你們可還記得，施翰堂在後幾日的會試中，都用著大楷書寫。」陳淡對周定與張尊說著。

由於過於顯眼，周定等貢院士兵也依稀記得施翰堂這項舉動，一致點頭回應陳淡的提問。

這時王叔出示了沒收而來的證物，施翰堂的中楷筆身已經龜裂，筆頭部份更是乾涸毀損搖搖欲墜。

陳淡揮舞自己手中的中楷毛筆繼續說著：「原因無他，因為他的中楷已經在行兇那夜毀損，無法繼續使用。而在第二場會試時，幾乎所有考生都已料到先前的文房用具會被列為相關證物無法使用而早有準備。唯獨施翰堂依舊毫無準備，為的只是想藉機要回這項兇器，好再擇日銷毀。不過百般求情下，士兵見到中楷已經毀損，也只是還了他還可使用的另一支大楷。」

「陳兄，我還是不懂，為何你要一直說這支毛筆會是兇器，死者的喉部深孔，並不像這種普通毛筆可以辦到，還是這其中另有玄機？」戴樑疑惑地問著。

陳淡沒有回答戴樑的疑問，逕自走向錦衣衛，接過那塊厚重的生豬肉，並彎身安置於地。雙膝跪地後，陳淡雙手緊握自己的那支中楷毛筆，高舉而起。

「啪！」

說時遲，那時快，陳淡已迅速將手中的毛筆劃過空氣，直接刺入地上的那塊豬肉。陳淡不過是名文弱書生，想不到那柔軟的毛筆卻應聲刺穿那塊厚重的豬肉。

「這是怎麼回事？」見到這種奇景，眾人議論紛紛。

陳淡拔起那支中楷毛筆，除了筆身有些龜裂外，筆頭還是完好如初。

「這支毛筆經過加工後，已成為殺人利器。」陳淡將毛筆交給眾人傳閱。

接過毛筆的張尊，直覺不可思議，用手指強押筆頭，想不到筆頭尖銳無比，手指更是因而被刺破了個小洞。

「為何這支毛筆筆頭會是如此堅硬？」手指流出鮮血的張尊大感不解。

「一般毛筆筆頭柔軟無比，但若是沾水後經過冷凍結冰，就會變成這種殺人兇器。」陳淡解釋道。「施翰堂行兇那夜，見到當夜風雪交加，機不可失，當日應試完畢後，便將毛筆沾水埋入積雪中，當晚溫度甚低，早已降至冰點之下，筆頭更是順利結冰，便完成了他那殺人利器。這也是為何九年前的命案也是發生在那暴風雪夜，為的就是氣溫夠低，筆頭才能夠順利結凍。行兇後沾有血跡的毛筆還可利用墨汁掩蓋，讓紅色血漬完全覆蓋黑墨之下。接下來就只要將毛筆放入文房用具，佯裝毛筆損壞無法使用即可，也不會有人聯想到這種東西可以拿來當作兇器！」

「拿出鐵證啊！不要一直空口說大話！」施翰堂鼻翼扇動，不停顫抖。

陳淡拿起王叔手中施翰堂留在號舍內那支損壞的中楷毛筆，投向那盆一直擱置在旁的滾燙熱水。

眾人向前圍觀，發現那支毛筆先是散出了濃濃的黑色墨汁，接著又散開了一陣暗紅液體，隨即又被後面的黑墨吞噬。雖然就只有那麼短短一下子，但眾人都很確定，在那一刻看見那支毛筆的筆頭和筆身前端，曾經在那盆熱水中散出了黃民安的暗紅血液。

「這下你賴不著了吧！」張尊和周定興奮地異口同聲。

「哼！就是你這老賊，害我受了將近十年的冤獄！」李鍊奮力抓起施翰堂的衣襟，而施翰堂早已癱軟無力，雙眼無神。

「至於施翰堂行兇的動機——」

陳淡話還沒說完，一直退居二線的高揚先生，這時卻離開座椅走到前頭搶先發言：「既然罪證確鑿，毋須多言！我看這名老者已經喪心病狂，眼看多年會試不第，求官無望，轉而怨恨年輕有為的考生。」

李錬放開施翰堂後，施翰堂跪坐在地，與高揚先生對望許久。

「哈！哈！哈！哈！」施翰堂突然放聲大笑。「是也！是也！我在考試前與黃民安密談，希望在他上榜後，不忘提攜我成為地方小官，誰知這小子不知好歹，就和九年前的司馬興一般，斷然拒絕了我，我當然不可能就此放過。我真的想當官想瘋了！」

「如此罪大惡極，殺害國家未來棟樑，必將就地正法，殺雞儆猴，懸首貢院門外示眾！還有什麼遺言想要交代？」高揚先生眼神冷峻，並招呼了一旁的士兵準備行刑。

施翰堂瞠目結舌，面露驚恐，眼皮不時顫動，接著瞇起雙眼瞪向前方，而高揚先生依舊還是那對深鎖的眉頭。

眼看士兵就要步步接近，施翰堂突然失聲大叫：「混帳！都是騙子！都聽你們在那胡謅！九年前說好的事，說那時無法實行，還說這次事成後會加倍封賞光宗耀祖！如今東窗事發，全都翻臉不認人！早該是狀元啦！早該是狀元啦！老夫還能有幾次會試！這次再不上榜，再不上榜——」

施翰堂說著說著，已經老淚縱橫，所有的悔恨全寫在那張橫紋滿佈的老臉上。

高揚先生見狀後搖頭感嘆：「唉，可憐了這名考生，但這就是科舉，人人公平，卻也不是人人都能順利當官。如今卻還落到這樣瘋言瘋語的地步，還是早日就地贖罪——」

行刑的士兵已經準備就緒，隨時等待高揚先生的指示。

氣氛之凝結，使在場所有人全部屏住呼吸。

「斬！」

高揚先生雄渾的聲音，突然在一片死寂中傳了出來。

「慢著！」眼見士兵的大刀就高舉在施翰堂上方，不禁令陳淡驚聲大叫。這種情景，和陳淡預想的有些出入。

「斬！」高揚先生繼續發號施令，一邊又作出手勢制止陳淡的舉動。

「哈！哈！哈！哈！哈！一群騙子！偽君子！當官的有啥了不起的！」施翰堂開始放聲大笑，讓高揚先生異常憤怒。

「慢著！」陳淡想要衝向前去，卻被一旁的貢院士兵攔了下來。

「斬！」高揚先生雙眼滿布血絲，高聲喊著。「我說行刑！聽到了沒！」

原本聽見陳淡呼喊而停下準備動作的貢院士兵，經由高揚先生的催促，再次舉起了鋒利的大刀。

沒多久，原本圍繞在考巷中的詭異笑聲，頓時安靜下來。雪白的考巷大道上，濺滿了深紅的鮮血。充滿不甘與怨恨的白髮頭顱，就這樣朝著陳淡的腳邊方向滾落而來，沿途更是留下了一長串的怵目血跡。長年考場失意的老者施翰堂，隨著人頭落地，老邁的身軀也跟著傾倒而下。

見到為時已晚，陳淡四肢無力，癱坐在地，雙眼直盯那落在一旁的恐怖頭顱。

「劉應義！」就地迅速行刑後，高揚先生轉向後方的劉大人。「你和巷長馮敬的栽贓罪行，擇日再交由刑部審理。還有，九年前你和士兵長林炫的罪行，我也會一併算清。」

見到施翰堂身首離異的恐怖情景，劉大人早已嚇得雙腳發軟，如今東窗事發，當年的栽贓罪行，也不知道會落到什麼樣的下場。

高揚先生向前扶起陳淡，並和緩地說著：「這位小兄弟，你可真是奇才，想必前途無量。方才的行刑場面可被嚇著了嗎？不要緊，我一定會依約行事，向聖上極力推舉！」

心有餘悸的陳淡面無表情、不發一語，只是默默看著高揚先生，心中卻是無比沉痛。

「淡兒，還可真是可喜可賀！」王叔面帶笑容前來道賀。「不但一案雙破，未來官途更是無可限量，搞不好聖上一個龍心大悅，還可能直接讓你當上狀元郎呢！總算完成令尊與令兄的深深期盼，還有列祖列宗的遺願，終於能夠順利脫離『耕讀世家』的束縛！」

儘管王叔甚感欣慰，陳淡卻一點也高興不起來。

高揚先生又走到眾人面前繼續高聲宣示：「還有，以在場的錦衣衛為證，涉嫌包庇栽贓的副考官劉應義、士兵長林炫以及巷長馮敬，即日起將拔除官位等候發落。而受計陷害的李錬，將向聖上力薦復職接掌士兵長之位，此條考巷巷長則由周定接任，士兵張尊升職一等！誰有異議！」

「這——」聽到宣判後的馮敬跪地不起。「大人冤枉啊！太不公平啦！小的只是聽命林炫行事啊！」

「誰還有異議的！」高揚先生又再次高喊著。

「將依許大人之意辦理！」王叔雙手合掌打破沉默，向高揚先生鞠躬致意。眾人你看我，我看你，掌有緝拿臣民大權的錦衣衛都這麼說了，也沒有人敢再亂吭一聲。

這貌似正義的結局，看在陳淡眼裡卻又是另一番滋味。

「淡弟，真是可喜可賀！如今可真有機會成為狀元郎！高揚先生都那麼賞識你了，只要他向聖上多美言幾句，殿試之上還有誰能與你爭鋒！真是恭喜啦，狀元郎！」謝庭眉開眼笑前來祝賀。

不僅是謝庭，所有和案情相關的人士依序前來道賀，也跟著謝庭起鬨叫起陳淡「狀元郎」，而李錬與張尊更是表達了深深的感激之意，就連一旁的貢院士兵也開始畢恭畢敬對陳淡尊稱起「狀元郎」。

在宣布案情偵破結案後，所有士兵和考生盡皆陸續復位。只剩下陳淡還呆立考巷大道，望著施翰堂屍首遲遲不肯離去。

高揚先生見到陳淡怪異的舉動，隨即吩咐士兵將他的試卷翻了出來。回到座椅後，高揚先生隨意瀏覽了一番，不知道是對於試卷上的內容，還是陳淡的破案功績甚感滿意，頻頻點頭，而後拿出硃筆，在陳淡試卷上寫上了「薦舉狀元」四個大字。

「這位小兄弟，我不知道你還在躊躇什麼，不過這相隔九年的兩件懸案，已經被你漂亮破案。不要再多想什麼，這是我答應你的承諾，看過你的試卷，也確實是個難得的奇才，為聖上推舉名符其實者，也不是什麼壞事。不必擔心我會食言，就算聖上最後並不領情，好歹會試這關我能力保，之後也能入我門下，留在京師好好發展！」高揚先生拍拍陳淡肩膀，並將試卷塞入陳淡手中，隨即轉身離去。

看著高揚先生逐漸遠去的身影，陳淡依舊相當茫然。攤開試卷，「薦舉狀元」四字就大大寫在上面。這就是陳淡夢寐以求的功名利祿，作夢也沒想過可以通過會試，而且還是直接受到殿閣大學士的薦舉，未來殿試直取狀元的機會更是無限可能。若是跟著身為殿閣大學士的高揚先生繼續發展，在「恩師」的提攜下，將來入閣的機會更是大增，畢竟當今的閣員，在閹黨遭逢嚴重打擊後，傳聞中已有不少高揚先生的門生重新入閣。爾後更能進入政治權力核心，有朝一日成為「大明首輔」也不是不可能的事。

肩負耕讀世家重擔的陳淡，是多麼期望能有光宗耀祖的這一天。但卻也沒想過是用他人的性命所換來的。

不僅如此，這張試卷背後所隱藏的真相更令陳淡痛心不已。

緊抓試卷回到號舍的陳淡，情緒依舊久久無法平息。

號舍前的視野，依舊是那塊方形景物，只是原本在對巷的老者施翰堂的身影，卻已經消失無蹤，剩下的也只有空蕩蕩的號舍。

再次看著試卷上那四個大字，陳淡陷入前所未有的痛苦掙扎。

「報，一個時辰前狀元郎不知何故，離開了考場——」一名貢院士兵神色慌張向高揚先生稟報。

「真有此事！」高揚先生睜大雙眼無法置信。

回到明遠樓處理案情報告的高揚先生，接獲消息後，趕緊驅身前往「秉直」考巷。

進入考巷後，果然見到陳淡號舍內空無一人。高揚先生奪過士兵手中的火炬進入號舍內一探究竟。

床板上到處可見試卷的碎片，看來陳淡將高揚先生親筆寫上「薦舉狀元」四字的試卷撕得粉碎，讓高揚先生頓時怒火直燒。

再將火炬移近內部，發現內壁上寫著一段文字：

明明酣月，當空照，
孤影單形獨悵。
昨夜親朋，
今日奈何契闊陰陽界。
回憶綿綿，故情如夢，
惜字失方識。
偽名虛勢，
豈能隨伴恆遠？

來者尚未知之，
積極莫等閒，知足常樂。
衰盛枯榮，彈指間，
是非成失忽轉。

傲笑紅塵，
淡然處萬變。
混濁之世，沉浮隨浪，
只期天理不墜。

「混帳！真是個混帳！」高揚先生讀完後勃然大怒。「好一個敬酒不吃吃罰酒的混帳小子！光是第一句就足以把你下罪入獄了！」

看懂陳淡這闕詞想要表達什麼的高揚先生，頓時更為光火，奮力將那塊活動木板舉起重重摔向內壁。

從未見過高揚先生如此憤怒舉動的貢院士兵全部圍了過來，儘管如此，高揚先生還是不顧旁人眼光繼續怒吼。

在寂靜的考場中，高揚先生的咆嘯聲顯得格外震撼、淒厲，但卻只有陳淡能夠理解，然而卻早已不知去向。

末卷

時間：明思宗崇禎七年
　　　會試第二場第三日　晨

地點：北京城內

事有裏表，物有內外，人有骨肉。見表不見裏，其事不明也；察外不察內，其物不實也；觀肉不觀骨，其人不知也。實虛相參，真偽互間，曚曨也。白日捉槍，易奪也；暗夜避箭，難防矣。瞞日困，欺月易，惑人之所不識，蔽人之所不視，巧也！早戰晚兢，心提膽吊，日無以安，月無以適，遂於平明之時，以為無事。然假以時日，東窗敗跡，必見矣。雖有臥龍之智，鳳雛之識，豈可造壁而無瑕乎？蓋縱欺天下以耳目，終難欺心於己矣。瞞日欺月，巧乎？淒也。

明・陳淡

儘管功名利祿近在眼前，陳淡還是選擇放棄。藉由周定與張尊的協助下，陳淡順利出了考場，這個令他傷心欲絕之地。

原本懷抱遠大理想一心想要入仕求官的陳淡，卻在經歷了這次的舉人暴斃事件後，認清了諸多事實。

陳淡很明白施翰堂的動機並不是他所說的那般膚淺，而是隱含了龐大的政治動機和利益交換。早在九年前他隨身攜帶的那張符咒，就已經透露了他的政治意圖。

「束刀八千女鬼，以求天下之平。」其中的「束刀」就是「刺」的拆字，而「八千女鬼」便是「魏」，合起來整句的含意就是「刺魏以求天下之平」，並不是什麼神秘宗教，不過是個假借宗教之名掩飾的「刺魏」團體，想當然和東林黨也脫離不了關係。

而這個「魏」更不用說，就是那個一代佞臣魏忠賢。或許當初施翰堂窮盡一生心力不斷參加會試，一心只想求官，卻總是無法如願，東林黨人便是利用他自利個性與渴望求取功名這點，和終生考場失意的施翰堂達成官位交換條件，計劃有朝一日能夠在考場上，以同樣的手法，伺機行刺偶然前來考場巡視的魏忠賢。在魏忠賢執政的恐怖年代，舉國各地不知道有多少人抱持著這樣的計畫。然而天不從人願，東林黨也就轉而交代行刺深具閹黨背景的明日之星，藉以削弱閹黨的勢力。九年前的司馬興不用說，這次的黃民安都是閹黨人士，政治暗殺意圖非常明顯。施翰堂臨刑前的那段話，隱約透露九年前事成後，東林黨卻以魏忠賢勢力甚大，時機不宜暫避風頭為由，暫時拒絕了贈官的條件。想不到九年後又以同樣的方式，利誘了一心只想通過考試的施翰堂，對黃民安再次行刺，以除去往後的大患。

這個深謀遠慮的東林黨人不用說，極有可能就是那名有權掌握所有考場的主考官高揚先生。高揚先生破案後不待陳淡解釋，就草率行刑的舉動甚為可疑，同為東林黨人的高揚先生，對於施翰堂長年來埋伏在考場行刺的計畫毫不知情，也很難說得過去。況且考場配置都是經由主考官高揚先生事先規劃，連續兩次施翰堂都和死者相鄰，也很難只以巧合解釋。或許這次為了不讓施翰堂輕易受到懷疑，還刻意在中間安插了浙江舉人洪鈺。

雖說洪鈺之死屬於意外，若當初洪鈺沒有病死，沒了那間空房，也很難實行這次計畫。但要對付這種初次應試的毛頭小鬼，施翰堂要任意栽贓作弊也不是難事。然而另一個可怕的想法，卻令陳淡不寒而慄。當初洪鈺會在深夜突檢時頂撞馮敬，或許就是為了讓這次計劃順利進行，而做出的犧牲。

對一個出身耕讀世家的貧窮舉人來說，東林黨可能早就為洪鈺這次的獻身舉動，對其家小做了後續安排，也難怪心裡早有準備的洪鈺一路上心情自然沉重。至於兩次命案都安排在死者對巷的東林黨人謝庭，為的就是不讓施翰堂行兇時，不巧被對巷考生撞見，即使被謝庭看到，由於都是自己人，也就不會實話實說。

堪稱官場清流的高揚先生，其實才是最後的贏家。九年前利用官位利誘施翰堂暗殺了閹黨司馬興，不但除去了一名心腹大患，又埋下了副考官劉應義與巷長林炫吃案栽贓的前因。直到九年後，高揚先生再次利用施翰堂除去了閹黨大將黃民安，原本這次可以像九年前一樣，任由副考官與巷長栽贓草草結案，然而這次高揚先生硬要插手，想利用翻案方式來一舉掃除所有眼中釘的意圖，事後看來就變得相當明顯。或許打從一開始與施翰堂的利益交換，就沒有想要實現的打算，所以才會在這次介入調查。僅是利用其好功自利的個性，誘使他犯下這兩件懸案，即使失敗只要矢口否認即可。這次若沒有陳淡出場破案，或許原本早就安排國子監生謝庭擔任這種角色，甚至高揚先生也可能打算親自出馬翻案。最後不但藉由陳淡這種第三者糾出已無利用價值的施翰堂，更又利用了陳淡的破案，將閹黨的劉應義與林炫順利拔除，進而在貢院人事上安插了自己的人選。

受到提拔的李鍊、周定與張尊，即使最後不能如高揚先生的人事安排進行升遷，但由於受人恩惠，往後貢院勢力雖然仍是以閹黨為大宗，卻還是培養了自己東林黨的死忠人馬。

如果當初陳淡就這麼接受了高揚先生的「贈官封口」，甚至最後留在京師成為門生，基於恩情，往後也一定會成為東林黨人，進而同流合污，從此徘徊在萬劫不復的政黨惡鬥中。哪一天要是一個不慎形跡敗露，阻礙了「恩師」的政治地位，也很難保證不會落到像施翰堂這樣被翻臉不認帳的悲慘下場。表面上展現了一副為國舉才，不貪圖功名利祿的忠官模樣，或許高揚先生內心對於官途上的野心恐怕比副考官劉應義還要大上許多。

陳淡想到這裡，不禁搖搖頭。

閹黨在魏忠賢執政時代，對東林黨人無所不用其極加以迫害，然而這些都是明槍直入。若是要論這種暗箭傷人，東林黨還是技高一籌，甚至可以說是到了一種比閹黨還要恐怖的地步。

僅僅為了一樁政治暗殺和栽贓構陷，可以佈局隱忍長達九年之久，真的會有如此深仇大恨？不，或許可以說像施翰堂這種政治角力下，隨時可以犧牲的棋子，到底已經在大明帝國佈下多少暗局？只要等待適當時機，便可以派上用場，也不用刻意計畫什麼時候才會實行。等到這些棋子失去價值後，又可以一腳踹開，甚至不知情的棄子，還可能始終懷抱著感念之情而渾然不覺。

東林黨如是，閹黨又何患不是如此。考場的陰謀，不過是兩黨惡鬥的冰山一角，在官場之上，類似戲碼恐怕時常上演，兩黨之間到底還同時挖了多少陷阱互相陷害，也不得而知。或許劉應義在官場上，隨著閹黨式微，已經不再那麼重要，但過去高揚先生和劉應義究竟有什麼過節，旁人也無法知曉。甚至這場陰謀對兩黨勢力消長而言，在魏忠賢政權垮台後，就東林黨來說，已經不是那麼關鍵，高揚先生還是對劉應義等人除之而後快，並在所有考生面前，主持了一場名為正義的公平斷案，事後一定會藉由考生口耳相頌傳為美談，不但打擊了閹黨的聲勢，還替自己奪得世間美譽，或許這才是實行這場陰謀的主要目的。

想到此處，陳淡更為施翰堂深感不值。

然而高揚先生真的會是官場上的最後贏家？即便機關算盡，或許有一天也會在不知不覺中成為他人手中的一顆棋子。

修身、齊家、治國、平天下，一直以來都是儒家中心思想之一。然而現實的官場上，卻是自身官途、政黨利益，最後才是國家政事。這種為黨不為國的政黨惡鬥，已經延燒到這種程度，夫復何言。

一心想要進入朝廷當官的陳淡，即使知道身為耕讀世家的他，缺的就是那張及第登科的榜單，卻還是在受薦通過會試，極可能直取狀元時，狠心將試卷撕碎。

在天上的父親，還有遠在家鄉等待捷報的兄長、兄嫂，陳淡無顏以對。不僅如此，還有那世世代代身為耕讀世家的列祖列宗，又還有什麼面目回到家鄉上前焚香祭祀。如今做出了這樣的選擇，或許往後就得像許多長年落榜的流浪舉人，在未求得功名前也不敢再踏上故鄉一步。

一想到此，陳淡更是紅了眼眶。

放棄自身求官之路，全力支拄自己仕宦之途的兄長，要是知道自己臨陣脫逃，又會做何感想？但這種官場惡鬥，若不是親眼見過，也很難深刻體會。

天還沒亮，天空又飄起了細雪，京師街道上仍是一片寂靜。即使京師百姓安居樂業，卻一點也不知道大明帝國已在兩黨惡鬥中逐漸掏空。

細雪落在陳淡臉上，令他冰冷無比，但陳淡還是不願撥去，因為他早已分不清臉上流下的究竟是雪水還是淚水。

提著行囊，陳淡也不知該身往何處，口中呼出的白霧，一下就告煙消雲散，而眼前盡是一片白茫茫的雪花世界。

抬頭仰望天空，模糊的視線中卻只有紛飛亂舞的片片雪花。

京師的朝陽究竟哪一天才會再從東方冉冉升起？

低頭苦笑，陳淡踏著沉重的步伐，在訴說人世哀傷的悲風中，繼續前進。

要推理02　PG0752

考場現形記

作　　者　秀　霖
責任編輯　林泰宏
圖文排版　楊尚蓁、王思敏
封面設計　王嵩賀

出版策劃　要有光
製作發行　秀威資訊科技股份有限公司
114 台北市內湖區瑞光路76巷65號1樓
電話：+886-2-2796-3638　傳真：+886-2-2796-1377
服務信箱：service@showwe.com.tw
http://www.showwe.com.tw
郵政劃撥　19563868　戶名：秀威資訊科技股份有限公司
展售門市　國家書店【松江門市】
104 台北市中山區松江路209號1樓
電話：+886-2-2518-0207　傳真：+886-2-2518-0778
網路訂購　秀威網路書店：http://www.bodbooks.com.tw
國家網路書店：http://www.govbooks.com.tw
法律顧問　毛國樑　律師
總 經 銷　易可數位行銷股份有限公司
地址：新北市新店區中正路542之3號4樓
電話：+886-2-8219-1500　傳真：+886-2-8219-3383
e-mail：book-info@ecorebooks.com
易可部落格：http://ecorebooks.pixnet.net/blog

出版日期　2012年11月　BOD一版
定　　價　250元

Printed in Taiwan

國家圖書館出版品預行編目

考場現形記 / 秀霖著. -- 一版. -- 臺北市：要有光,
2012.11
面； 公分. --（要推理；2）
BOD版
ISBN 978-986-88394-3-4（平裝）

857.81　　　　101015452

讀者回函卡

感謝您購買本書，為提升服務品質，請填妥以下資料，將讀者回函卡直接寄回或傳真本公司，收到您的寶貴意見後，我們會收藏記錄及檢討，謝謝！如您需要了解本公司最新出版書目、購書優惠或企劃活動，歡迎您上網查詢或下載相關資料：http:// www.showwe.com.tw

您購買的書名：＿＿＿＿＿＿＿＿＿＿＿＿＿＿＿＿＿＿＿＿

出生日期：＿＿＿＿＿年＿＿＿＿＿月＿＿＿＿＿日

學歷：□高中（含）以下　□大專　□研究所（含）以上

職業：□製造業　□金融業　□資訊業　□軍警　□傳播業　□自由業

□服務業　□公務員　□教職　□學生　□家管　□其它＿＿＿

購書地點：□網路書店　□實體書店　□書展　□郵購　□贈閱　□其他

您從何得知本書的消息？

□網路書店　□實體書店　□網路搜尋　□電子報　□書訊　□雜誌

□傳播媒體　□親友推薦　□網站推薦　□部落格　□其他＿＿＿＿＿＿

您對本書的評價：（請填代號　1.非常滿意　2.滿意　3.尚可　4.再改進）

封面設計＿＿　版面編排＿＿　內容＿＿　文／譯筆＿＿　價格＿＿

讀完書後您覺得：

□很有收穫　□有收穫　□收穫不多　□沒收穫

對我們的建議：＿＿＿＿＿＿＿＿＿＿＿＿＿＿＿＿＿＿＿＿

＿＿＿＿＿＿＿＿＿＿＿＿＿＿＿＿＿＿＿＿＿＿＿＿＿＿

＿＿＿＿＿＿＿＿＿＿＿＿＿＿＿＿＿＿＿＿＿＿＿＿＿＿

＿＿＿＿＿＿＿＿＿＿＿＿＿＿＿＿＿＿＿＿＿＿＿＿＿＿

請貼
郵票

11466
台北市內湖區瑞光路 76 巷 65 號 1 樓
秀威資訊科技股份有限公司 收
BOD 數位出版事業部

....

（請沿線對折寄回，謝謝！）

姓　　名：____________________ 年齡：________ 性別：□女 □男

郵遞區號：□□□□□

地　　址：____

聯絡電話：(日) ____________________ (夜) ____________________

E-mail：____